華舞鬼町おばけ写真館
灯り無し蕎麦とさくさく最中

蒼月海里

角川ホラー文庫
21121

目次

華舞鬼町おばけ写真館

灯り無し蕎麦とさくさく最中

久遠寺《くおんじ》那由多《なゆた》
人間関係が苦手な大学生。
素直になれない性格。
百代《ひゃくだい》円《まどか》
華舞鬼町の新聞記者。
狭間堂に異様に執着している。
正体は目競。
狭間堂《はざまどう》
華舞鬼町で
雑貨屋兼町の総元締め。
迷い人を導く役目を担う。

人物紹介

イラスト／六七質

イラスト／六七質

第一話　那由多と妖しい語り部

窓がガタガタと揺れる。

深夜にユーチューバーの流す動画を眺めていた僕は、思わずびくりとして窓の外を見た。

「……風か」

心臓に悪い、と思いながら、開けっ放しになっていたカーテンを閉める。

家の中はすっかり静まり返っていた。祖母も両親も、姉も眠ってしまったのだろうか。

僕もそろそろ眠らなくては明日《あした》に響くのだが、ユーチューバーの実況が面白いのでやめられない。一つ見終わっても、つい、別の動画を見ようとクリックしてしまう。

「くだらないと思っても、ついつい見ちゃうんだよなぁ」

バラエティー番組を見る感覚に似ているのか、それとも、同じ教室にいる誰かの噂話に聞き耳を立ててしまう感覚に近いのか。

僕が今見ているのは、怪談を検証する動画だった。

「最近、増えた気がするな……」

内容は、ネットに流布している怪談スポットに、実際に行ってみたり、これをやると怖いことが起こるということを、実際にやってみたりするのだ。大半が、拍子抜けな終わり方をする。

今見ている動画も、都心に謎の地下街があるという噂を検証しようと、ユーチューバーが地下街に通じる道を探しているところだった。しかし、彼此《かれこれ》一時間近く探索しているものの、一向に見つかる気配はない。

「うーん。グダグダになって来たかな」

そろそろ見るのをやめようか。

いや、もう一本見てから就寝しよう。

ブラウザを閉じようとしたマウスポインタは、次の動画を探すべく彷徨《さまよ》い始めた。

その時である、窓が再び、ガタンガタンと揺れたのは。

「ひぃ！」

僕は駆け寄り、カーテンを開ける。しかし、そこには何もいなかった。

「猫……かな？」

風とは言い難《にく》い。何かが窓枠を掴《つか》んで揺らしているような音だった。

近所の野良猫が悪さでもしたのかと思って、窓を開けて周囲を見渡す。二階の僕の部屋からは、街灯でぼんやりと照らされた巣鴨《すがも》の路地が見えた。ご年配の方が多い街なので、家々の灯《あか》りはすっかり消えている。昼間は、地蔵通《じどうどお》り商店街の帰りと思《おぼ》しき人達がのんびりと談笑しながら歩いているのだが。

「あっ……」

思わず声が漏れる。

目を凝らしてよく見れば、街灯の下に影があった。ぬらりと立ち上がったその影は、どうやら人影らしい。真っ黒なマントに身を包んでいた。

背格好からして、成人男性だろうか。もしかしたら、もっと若いかもしれないが、帽子を目深にかぶっているせいで、その顔はよく分からなかった。

こんな時間に、何をしているのか。

僕は好奇心に駆られつつも、早くこの窓を閉めなくてはいけないという焦燥も抱いていた。

あれは、何か良くないものだ。

窓枠を掴んでいる手が、じっとりと汗で滲《にじ》む。

「きみ――」

街灯の下の人物が、そう、唇を動かしたような気がした。僕の視力では、そこまで分からないはずの距離だというのに、何故か唇の動きだけは分かってしまった。

目をそらさなくては。

僕の心は、僕自身にそう訴えかける。だけど、視線が外せない。

僕がそうしていると、その人物はこう続けた。

「不思議な話を、ご所望かい？」

「くっ……！」

全身に言いようもない怖気《おぞけ》が走り、僕は窓をピシャリと閉めた。

外界と自分の部屋が遮断される。僕の全身は、汗だくになっていた。長い距離を全力疾走したかのように、息も切れている。

「何だったんだ、今の……」

昏の動きは見えなかった。当然ながら、声も聞こえなかった。だけど、何を話しているのかが分かった。あれは、心に直接語りかけていたのだろうか。

それではまるで、あの人物が人間ではないもののようではないか。

「アヤカシ……だったのかな？」

纏《まと》う雰囲気は、人のそれではなかった。あの、華舞鬼町《かぶきちょう》の路地裏の怪しさを、ギュッと濃縮したようでもあった。あの路地裏にいる、どの胡散臭《うさんくさ》いアヤカシも匹敵しないほどの、圧迫感と威圧感と、かび臭い腐臭のようなものを覚えた。

そんなアヤカシが、いるのだろうか。

「……何か、見てから寝よう」

出来るだけ明るい動画がいい。新製品のお菓子を大量に買って食べるという感じの、しょうもないと笑える動画がいい。

僕は熱に浮かされたように右手でマウスを操作し、賑《にぎ》やかな感じの動画を探す。

しかしその時、反乱するようにマウスポインタが飛んだ。僕の操作が確かではない状態だったせいか、それとも、機械の誤作動かは分からない。

びっくりした僕は、握りしめていたマウスでクリックしてしまう。ポインタが飛んで行った先は、怪談検証のライブだというのに。

「あっ、いやいや、違う違う」

慌ててブラウザを閉じようとする。

しかし、ライブ映像から目が離せなかった。『現代版・本所《ほんじょ》七不思議を検証してみた』というタイトルのその映像は、ご丁寧にも今、正に始まったところで、ユーチューバーが怪談を語るところだった。

「現代版……本所七不思議……？」

若い男性ユーチューバーが大袈裟《おおげさ》に目を見開きながら語ったのは、『灯り無《な》し蕎麦《そば》』の怪談だった。

夜道を歩いていると蕎麦屋があり、店は開いているものの灯りは無い。そこで灯りを点《つ》けてしまうと、その客に悪いことが起こるのだという。

それが、本所七不思議の『灯り無し蕎麦』だった。僕も、祖父から聞いたことがあった。

「でも、現代版って……」

『現代だと、夜道で唐突に、江戸《えど》時代風の蕎麦屋があったらめちゃくちゃ不自然だよね。写真でも撮ってインスタに上げたくなるよな。でも、用心深い現代人は、入ろうとは思わない』

動画の中の、軽そうな若者ユーチューバーは、視聴者である僕と会話をするかのようにそう言った。

『ところが、最近噂の現代版はひと味違うんだ』

ユーチューバーの背景が、地下鉄の駅だということに、今気付いた。

彼は、今にも扉が閉まりそうな電車に駆け込む。動画は連れが撮っているらしく、撮影者が息を切らせる声も混じっていた。

『これ、終電なんだけど――』

ユーチューバーは声量を抑える。周囲に配慮してか、撮影者もカメラの角度を変えて、乗客の顔が映らないようにした。

動画の中、脚だけがずらりと並ぶ様子は異様だった。大きな革靴が多いのは、残業で終電帰りとなったサラリーマンが多いからだろうか。彼らは、或《あ》る駅でぞろぞろと降りる。足を引きずるように歩くところに生気は感じられず、生ける屍《しかばね》の行進を見ているようだった。

『この辺で降りまーす』

ユーチューバーの声とともに、カメラは開いた扉と駅の表札を映す。

地下鉄の駅の一つだが、僕は降りたことがないところだった。一緒に降りた人も少ないし、他の線にも接続をしていないので、地元の人しか使わないような駅なのだろう。

『で、噂だと、終電で降りた駅に、蕎麦屋があるってことなんだよね。クタクタで終電から降りた時に蕎麦屋なんてあったら、夜食にピッタリじゃん？　怪談も気が利くよね』

ユーチューバーは冗談めかしながら、ホームに人がいなくなるのを見計らう。電車の走行音もすっかり遠くなり、降りた人々も階段を上って改札口へと急いだ。

『で、俺達は終電を見送ってどうするかというと、この後は漫喫で宿泊かな。何なら、その蕎麦屋で一夜過ごしてもいいかも』

そんなお喋《しゃべ》りを挟みつつ、ユーチューバーもまた、改札口へと向かった。降車した人々はすっかりいなくなり、改札口の傍らで、駅員が掃除を始めていた。

ユーチューバーは『お疲れ様っす』と声を掛けつつ、自動改札機を通る。

駅の地下街は、どの店もすっかり店じまいをしていた。

『Close』の看板が下がっていたり、シャッターが閉まっていたりして、既に人の気配はない。壁がガラス張りで、辛うじて店内が見えるところも、非常灯だけがぼんやりと浮かび上がっている始末だ。

『ちょっ、どこも灯り無しだし。まあ、当然のように入れませんけどね』

ユーチューバーは、わざわざシャッターを開けようとする素振りをしてみせる。当たり前だが、彼が持ち上げようとしてもびくともしなかった。

その後、彼は他愛のないお喋りをしつつ、飲食店が入っている地下街をもったいぶった風に歩く。

何事も起こらず、特に盛り上がりもなく地下街の奥までやって来た時、状況が一変した。

『あれっ？』

ユーチューバーの声とともに、カメラが彼の視線の先を捉《とら》える。通路の灯りも途切れ、うすぼんやりとした突き当りに、蕎麦屋があった。

『ウソ、マジであった！　入ってみようぜ！』

興奮のあまり、ユーチューバーは撮影者にそう言って、蕎麦屋へと駆け寄る。

非常灯の光にうっすらと照らされたのは、何処にでもありそうな、何の変哲もない立ち食い蕎麦屋である。

だが、入り口は開いていた。深夜零時を過ぎているというのに、シャッターも閉めず、『Close』の看板も無かった。

『めちゃくちゃ普通の蕎麦屋っすねー。もっとヤバいかと思ってたのに。灯り無し蕎麦の正体は、不用心な蕎麦屋だったのかも』

ユーチューバーは冗談っぽくそう言った。

店内に灯りは一切なく、非常灯の光だけが頼りだった。ユーチューバーは手探りしつつも、興奮を隠しきれない様子で、あちらこちらにつっかえながら店内へと入った。

「これ、ヤバいんじゃあ……」

彼らは気付いていないのだろうか。蕎麦屋自体から、インターネット越しでも途轍《とてつ》もない妖気《ようき》を感じることに。

僕は、早くブラウザを閉じなくてはと思うものの、手が全く動かなかった。まるで、誰かに押さえつけられているかのように。

『じゃ、検証始めまーす。灯りを点けると不幸になるっていうけど、本当でしょうかっ』

ユーチューバーのやけに明るい声が、僕の恐怖心をあおる。彼らは無邪気に店内のスイッチを探し始めた。

『これねー、動画じゃ分からないと思うんだけど、匂いがするんだよ。そばつゆの匂いがさっきまでやってたんじゃね、って感じ。大将に見つかったら、ダッシュで逃げまーす』

逃走宣言をするユーチューバーの傍らで、『あった』という声がした。撮影者の方が、スイッチを見つけたらしい。

『おっ、本当だ。それじゃ、点灯式を始めます！』

ユーチューバーは、口でドラムロールを再現しつつ、照明のスイッチと思《おぼ》しきものを押した。

パチン、という控えめな手応《てごた》えの音が、狭い店内に響く。

しかし、それだけだった。

『あれ？』と拍子抜けなユーチューバーの声がする。

『つかねぇ！　まさかの、点灯せずっ！』

ユーチューバーが大笑いする。品のない笑い声が響く中、『あっ』と撮影者が声を漏らした。

『おい、あれ』

撮影者は何かを見つけたらしい。しかし、カメラはユーチューバーの方に固定されたままだった。

ユーチューバーは、『おい、驚かそうとするなってば』と苦笑いをしつつ、撮影者の視線の先と思しき方を見やる。

その瞬間、動画の中に映る彼の顔は、恐怖に歪《ゆが》められた。

『おい、嘘だろ。マジかよ！』

ユーチューバーは後ずさりする。カメラは反転し、出口の方へと向かおうとする。

『早く逃げ――』

カメラの景色がぐるりと回り、天井を映したかと思うと、ぷつっと映像が途切れた。

ライブは唐突に終わり、僕のパソコンには沈黙が流れる。

「……今の、何だったんだ……？」

彼らの演出かもしれない。

そう思いたかったが、そう思い込めるほど、僕は鈍感ではなかった。

今まで会ったどのアヤカシよりも重苦しい妖気が、僕にまとわりついているのに気付いてしまった。それは呪いのように、全身を恐怖で縛り付ける。パソコンそのものから、ケガレが滲《にじ》み出ているかのようだった。

僕はパソコンをシャットダウンして、寝間着にも着替えずに布団へと潜る。その中でひたすら、狭間堂《はざまどう》さんのことを思い出していたのであった。

季節はすっかり秋になっていた。

九月の半ばまではじりじりと暑かったのだが、いつの間にか気温が下がり、朝晩を半袖《はんそで》で過ごすのは辛《つら》くなっていた。

もうすぐ後期授業が始まる。鹿児島帰りの柏井《かしわい》君は、すっかり日焼けをして登校するのだろうか。

僕は午後になると、家を後にして狭間堂さんのもとへと向かった。

近所の狭い路地を往《い》けば、華舞鬼町へと入り込める。

「こんなに簡単に入り込めて良いのかな……」

そう思いながら、鞄《かばん》を抱いて華舞鬼町の大地を踏み締める。鞄の中には、祖父のカメラが入っていた。

「まあ、このカメラのお陰なんだろうけど……」

都心の住宅街から一変して、周囲はレトロな街並みになった。遠くには十二階が見え、両脇には門のようにアールデコ調のガス灯が立っている。

華舞鬼町の空も、ずいぶんと秋らしくなったものだ。涼しげな風が僕の脇を通り過ぎて行くものの、ふと、言いようのない悪寒が背筋を駆け巡った。

「うわっ……」

何だろう、と周囲を見回す。しかし、器物のアヤカシが忙しそうに目の前を走って行ったくらいで、その原因と思しきものは見当たらない。

円《まどか》さんだろうか。

ふと、あの油断ならない新聞記者のことを思い出す。でも、彼の視線とはまた違った雰囲気だった。

もっと重々しく、黴臭《かびくさ》いような、日の当たらない墓場のような感じの……。

「おう、那由多《なゆた》！」

僕が雑貨屋へと向かう途中、ポン助《すけ》が水路の方角からやって来た。後ろ脚で器用に立ち、小さな前脚をぴょこんと持ち上げる。

「やあ、ポン助……」

「うわっ。お前、どうしたんだよ。ヤバい顔してるぞ！」

「ヤバい……？」

「目の下にクマが出来てるじゃねーか！　寝てないのか？」

ポン助は心配そうだ。僕は努めて、元気そうに微笑んでみせる。

「ちょっとね。動画の見過ぎで」

「えっちな？」とポン助はつぶらな瞳《ひとみ》をこちらに向ける。

「怪談だよ……」と呻《うめ》くように返した。

「えっちな怪談か。お前、半端ねぇな……」

ポン助は戦慄《せんりつ》する。

「ただの怪談だってば！」

僕は声を荒らげてから、頭《かぶり》を振った。

「いや、だいぶ怖かったかな……。演出にしては、凝ってたっていうか……」

「ふぅん。それで、狭間堂さんのところに？」

「そういうこと。怪談検証中に何かがあったみたいでさ、ライブが途切れたんだ。それっきり、音沙汰《おとさた》無しでさ。何だか、演出とは思えなくて」

ネタばらしを期待していたものの、ユーチューバーのSNSのアカウントは、ライブ以降の更新は無かった。そのせいで、視聴者から心配をする声が寄せられていた。

「狭間堂さんなら、何か分かるかもしれねぇな」

「そうだね」と僕は頷《うなず》く。

「怪談って言うと、おれも気になったことがあるし」

「気になったこと？」

「最近、浮世で怖い噂をよく聞くんだよな」

ポン助の足が止まる。僕もまた、つられるように足を止めた。雑貨屋に辿《たど》り着いたからだ。

「狭間堂さん……」

僕は扉を開け、ポン助は隙間からひょっこりと顔を出す。

「いらっしゃいまし！」

僕達を迎えたのは、ハナさんの明るい笑顔だった。ポン助の鼻の下が伸び、僕の重かった肩が幾分か軽くなる。

「まあまあ、那由多さん。お顔の色が悪いですわよ。寝不足ですか？」

ハナさんは心配そうに、顔を覗《のぞ》き込んで来る。「ははは……、ちょっと変な動画を見ちゃって……」と苦笑を返した。

「それで、僕のところに来たということかい？」

奥の方から、凛《りん》とした声が響く。ぱたんと本を閉じる音とともに、カウンターの向こうにいた狭間堂さんが立ち上がった。

「すいません。つい……」

「いいんだよ。そういう時こそ、僕を頼ってくれて。流石に、一人で寝るのが怖いから添い寝してくれなんて言われたら、寝るまで昔話を語る程度で勘弁してくれって言うかもしれないけど」

狭間堂さんは、冗談っぽく苦笑した。

「流石に、そんなこと言えませんって。それこそ、狭間堂さんの無駄遣いじゃないですか」

「はは、恐縮だね。まあ、座りなよ。話を聞こうじゃないか」

狭間堂さんはそう言って、店の奥にある座敷に僕達を促す。ハナさんはお茶の準備をするために、店を後にしてパタパタと奥へ消えて行った。

席に着いたところで、僕は狭間堂さんにぽつぽつと昨日のことを話す。狭間堂さんはお茶請けのピーナッツの殻を剝《む》く手を止め、うんうんと頷いて、真剣な顔で聞いてくれた。

「――というわけなんです」

僕が話し終わると、ぽかんと口を開けていたポン助がぶるりと身震いした。

「こわっ！　それが本当だとしたら、その怪談が実在していたってことか……」

「『灯り無し蕎麦』のことは知っておりましたけれど、地下にあるのは初耳ですわ」

全員分のお茶を淹《い》れてくれたハナさんは、自分の分のお茶を啜《すす》りつつ、目を瞬《しばたた》かせた。

「アヤカシの仕業かな」とポン助は、ピーナッツの殻を、器用に剝きながら首を傾げる。

「どうなんだろう……。動画を見てから、変な感じなんだけど……」

昨晩から、悪寒をずっと引きずっている。身体の上を、ぞわぞわとした蟲《むし》が這《は》っているような感覚だ。

「ちょっと失礼」

狭間堂さんは唐突に立ち上がると、僕の背中と肩を何度か叩《たた》いた。

「わわっ」

「ごめん。ちょっと痛かったかな」

狭間堂さんは一人頷くと、席に着く。

「いえ。そこまで痛くないですけど……って、あれ？」

いつの間にか、肩が軽くなっていた。完全に取れてはいないものの、背筋を逆撫《さかな》でするような寒気はなくなっている。

「あらまあ。お顔の色が少し良くなりましたわ！」

ハナさんが顔を綻《ほころ》ばせる。「ほんとだ」とポン助も目を瞬かせた。

「那由多君の中からね、ケガレが滲《にじ》み出てたんだ」

「僕の、中から……!?」

ケガレがまとわりつくという表現は聞いたことがあるけれど、中から発生する話は初めてだ。息を呑《の》む僕に、狭間堂さんは落ち着いた素振りでこう言った。

「ちょっと、悪い気に中《あ》てられたみたいでね。でも、そんなに怖がることはないよ。今ので、ほとんど追い祓《はら》ったし」

「でも、まだあるんですよね……？」

「那由多君が恐れているからね」

狭間堂さんは、袂《たもと》から扇子を取り出す。それに顎《あご》を載せると、難しい顔で考え込んでいた。

「那由多君の恐れが無くなれば、そのケガレも無くなるはずさ。だから、変に意識せずに、平常通りにしていればいい。と言っても、難しいかもしれないけれど」

「そんなに、動画が怖かったってことですかね……」

「それもあるかもしれないけれど――」

狭間堂さんの真っ直《す》ぐな瞳が、僕のことを見つめる。その双眸《そうぼう》はあまりにも澄んでいて、そして、あまりにも力強かった。どんなことを隠していても、見透かされてしまいそうだった。

「動画を見た以外に、何か気になることは無かったかい？」

「動画以外に……」

僕は記憶の糸を手繰り寄せる。ポン助もハナさんも、そんな様子を心配そうに見つめてくれていた。

「夢――は、寧《むし》ろ見なかったかな。ずっと眠れなかったけど、気付いたらお昼近くになっていて……」

「寝坊どころか、気絶だな……」と、ポン助は戦慄していた。

「動画を見る前は?」

狭間堂さんが問う。

彼は、僕から視線を外そうとしない。あまりにも確信的なその双眸から、僕も目が離せなかった。

「あっ……!」

狭間堂さんの目に吸い込まれそうだと思った瞬間、ふと思い出す。動画を見る前、謎の人影と遭遇したことに。

「誰か、外にいました」

「覚えているかい? 記憶が呼び起こせる、出来る範囲でいいんだけど」

狭間堂さんに促されるままに、昨晩の記憶にさかのぼる。あの不気味な人影を見た、あの時に。


──不思議な話を、ご所望かい?


街灯の下で浮かび上がる白い肌。そして、悪意すら含んだ気味の悪い笑み。新月の闇に溶けてしまいそうなほどに真っ黒な外套《がいとう》。

それらを思い出した瞬間、僕の背筋に再び、怖気《おぞけ》が走った。

パンッと背中に軽い衝撃を覚える。狭間堂さんがこちらに駆け寄り、背中を叩いたらしい。そのお蔭《かげ》で、全身を蝕《むしば》もうとしていた寒気は吹き飛んでいた。

「あ、有り難う御座います……」

「ううん。僕の方こそ、無理をさせてごめんね」

狭間堂さんは、広げた扇子で僕のことを軽く煽《あお》いでくれた。ふんわりと漂う白檀《びゃくだん》の香りが、僕の心を落ち着けてくれる。

「ケガレの原因は、その人影だね。そして、怪しい動画か。無関係だとは思えないけれど」と狭間堂さんは難しい顔をする。

「でも、怪談の検証をしていた駅って、うちからそれなりに遠いっていうか……」

「その相手が、那由多君に検証のライブを見せようとしたのかもしれないね。そこで事件が起こることを、知っていたから」

つまり、僕があの動画を見てしまったのは、偶然ではなく、意図されていたものだということか。

「そ、そんなの、どうして……」

「まだ分からない。まるで、那由多君を怖がらせようとしているかのようだけど」

「あ、怪談で思い出した。おれも、気になることがあったんだ」

頬張ったピーナッツを全部食べ終えたポン助は、前脚をぴょこんとあげてみせる。

「最近、浮世で怪談が増えたんだってさ。アヤカシ側で目立った動きをしている連中はいないのにおかしいって、町のアヤカシが言ってたんだ」

「それは、僕の耳にも届いているよ。浮世側で亡者が蔓延《はびこ》るようになる事件が起きたわけでもないし、常世側で動きがあるわけでもない。じゃあ、何が原因なんだろうって思っていてね」

狭間堂さんは、難しい顔をする。

「もしかして、僕の体験と何か関係があるんじゃあ……」

僕は、恐れる気持ちを誤魔化すように、ハナさんが淹れてくれたお茶を飲む。「可能性はあるね」と狭間堂さんは答えた。

「僕も調べてはいるんだけどね。どうも尻尾《しっぽ》が摑《つか》めないんだ。円君も調べているようなんだけど……」

「円さんが⁉」

「円が⁉」

僕とポン助は、素《す》っ頓狂《とんきょう》な声をあげる。それに対して、狭間堂さんとハナさんはきょとんとしていた。

「おふたりともどうなさったのです？　円さんは新聞社の記者さんですわよ。事件の取材は当たり前ではありませんか」

「は、ハナさんの言う通りだけどさ。円さんはこう、普段が普段だから……」

狭間堂さんの心をかき乱そうとしたり、天邪鬼《あまのじゃく》なことをしたりしている印象が強過ぎる。ポン助も、僕に深く頷《うなず》いた。

「円君は信頼出来るよ。記者としての腕前は確かなものさ。多少、癖が強いけれど、それを覆すほどの力量があるし」

「狭間堂さんがそう言うなら……」

あまりにも迷いがないその言葉を、僕とポン助は受け入れざるを得なかった。円さんの標的になっている本人が、こうして平然とした顔をして、円さんを信頼しているなんて言っていると知ったら、円さんはどう思うだろう。

「癖が強いっていうのは、言い得て妙だよな。しかし、狭間堂さんと円が調査をしてもよく分かんないのか。こりゃあ、一筋縄ではいかないぜ」

ポン助は、短い前脚を器用に組んでそう言った。

「一先《ひとま》ず、僕は現場に赴いてみるよ。終電に乗ればいいんだっけ。駅を教えてくれないかな」と、狭間堂さんは僕に尋ねる。

「えっ、大丈夫ですか？」

野暮と分かっていながらも聞いてしまう。しかし、狭間堂さんはにっこりと微笑んだ。

「大丈夫なように善処するよ。それに、情報を集めるだけでは埒《らち》が明かないのならば、現場に踏み込んでみないと。これ以上、被害が増えたら大変だしさ」

「確かに……そうですけど」

「ここ最近ね、都内で行方不明者も増えているんだってさ。今回の件と一致するかは分からないけど、いずれにしてもどうにかしなくちゃ」

「そうですね……」

僕は頷き、狭間堂さんに駅名を教える。狭間堂さんは、それを矢絣《やがすり》のメモ帳に書き写した。

「なんか、メモを取る仕草って久々に見た気がする……」

僕がぽつりと呟《つぶや》くと、狭間堂さんは不思議そうにこちらを見やる。

「あっ、すいません。僕は割と、スマホにメモをしちゃうから……」

「ああ。その方が便利だしね。メモ帳を持っていなくても、端末さえあればいいわけだし」

一応現代人の狭間堂さんは、さらりとそう言った。

「でも、手を動かした方が、考えがまとまるんだ。あと、単純に、紙の感触が好きでね。特にこのメモ帳は表紙が縮緬《ちりめん》だから、触っていると安心するんだ」

ほら、と狭間堂さんは僕にメモ帳を差し出す。確かに、表紙は縮緬だ。手にしっくりと馴染《なじ》む気がする。

「何だか優しい感じ……」

「こうやって、心の拠《よ》り所《どころ》を持っていると、いざという時に心を乱されないかもしれないね。那由多君の場合、お祖父《じい》さんのカメラかな」

成程。そういうことか。

「カメラは、優しい感触じゃないですけどね……」と思わず苦笑する。

「でも、触れると安心するだろう？」

何かにすがりつきたい時、僕は必ずと言っていいほど、祖父のカメラに触れようとする。その度に、臆病《おくびょう》な自分を責めていたけれど、まさか、狭間堂さんも同じようなものを持っていたなんて。

「あの、狭間堂さん……」

「うん？」

「怪談の調査、僕も行っていいですか？」

「ええっ⁉」

ポン助が目を丸くして、ハナさんが口に手を当てる。しかし、狭間堂さんはじっとこちらを見つめ返した。

「どうして、ついて来ようと思ったんだい？」

「それは……」

僕もまた、狭間堂さんを見つめ返す。

「僕の中の恐怖心を拭《ぬぐ》い去りたいんです。自分の中のケガレをそのままにしておくのが嫌で……。この調査に同行して、怪談の正体が分かれば、きっとそれも、無くなるんじゃないかと思って」

「そうかい……」

狭間堂さんは、しばしの沈黙を置いてから頷いた。

「分かったよ。僕について来るといい。ただし、僕のそばを離れないようにね」

「はい！」

僕は力強く頷く。

それから、僕は狭間堂さんと待ち合わせの時間と場所を決め、雑貨屋を後にしたのであった。

久遠寺《くおんじ》家の人間は健康的だ。

祖母も両親も姉も、深夜零時前には必ず就寝している。夜更かし癖のある僕は、ひょっとしたら久遠寺家の人間ではないのではないかとすら思ってしまう。

それはともかく、そんな家なので、抜け出すのは楽だった。布団の中には、僕の身長ほどの丸まった毛布を入れるという偽装工作もしてある。これで、お昼近くまでは抜け出したことが発覚しないはずだ。

僕は境界から華舞鬼町に向かう。その先では、狭間堂さんが待っていた。

夜の華舞鬼町は、ガス灯のぼんやりとした灯《あか》りのお陰で、より幻想的だ。アヤカシの街だけあって、昼間よりもよほど活気がある。

「よぉ、那由多！」

「あれ、ポン助」

狭間堂さんの足元にいるポン助が、短い前脚を振って僕に挨拶《あいさつ》をしてくれる。

「どうしてここに？　見送り？」

「違《ちげ》ぇよ！　お前も行くなんて心配だから、ついて行ってやるんだ」

ポン助は、長い胴をふんぞり返らせる。

「僕の保護者役⁉」

「ははは。モフモフ要素があるから、怖い目に遭った時に触ると良いかもしれないね」

狭間堂さんはそう言って笑う。

「カワウソは、モフモフって感じじゃないけどなぁ……」

体毛が乾けば、確かに柔らかい。しかし、ポン助は水から上がって来たばかりなのか、モフモフというよりもヌルヌルだ。獣というよりは、毛の生えたウナギのようだ。

「それじゃあ、行こうか。終電を逃してしまったら、意味が無いからね」

「はい！」

僕は頷き、ポン助は短い前脚で敬礼をする。

狭間堂さんは僕らに頷き返すと、門のような二本のガス灯の間をするりと抜け、地下鉄の駅へとやって来た。

その途中で、羽織を脱いで脇に抱えていた。狭間堂さんの派手な羽織は目立つので、駅や電車で注目を浴びないためだろう。

他人から注目されるのが苦手な僕にとって、目立たないことは良いことだ。

ポン助もそれを見てハッとして、さり気なく少年の姿に転じていた。

駅のホームでは、終電を待つ人達がちらほらといた。背広姿のビジネスマンが多く、皆、当たり前のようにぐったりとしていた。

「就職するって、大変そうだなぁ……」

「就職しなきゃいいんじゃね？」とポン助が気軽に言う。

「いやいや。働かざる者食うべからずだから！」

「だから、お前の祖父ちゃんみたいに、写真屋をやるんだよ」

「それはいい」と狭間堂さんも同意した。

「いや……。今の時代、写真屋さんの役目はあんまりないですし。スマホがあるから現像をする必要もほとんど無いし、特別な日の記念写真だって、自分で撮って済ませる人が多そうですし」

祖父の時代のようにいかない。それは、便利過ぎる世の中で生きているだけで実感出来た。

ちょっとしたものはスマホで撮って、データをシェアしてしまう時代に、写真屋さんの出番はほとんど無かった。

それこそ、大きなスタジオであれば別なのだろうが。

「でも、カメラを使う仕事は必要とされているんじゃないかな。その瞬間を切り取るには、技術がいる。どんなに高性能のスマホを使っても、どんなに高いカメラを使っても、撮れないものはあるし」

華舞鬼町新聞に掲載されている、円さんの写真を思い出す。その瞬間の、その真実を切り取るという円さんの技術は見事なものだ。

「センスの問題、ですかね」

「そうそう。僕にはそれが無くてね」

狭間堂さんは、困った顔で肩をすくめた。

「だけど、那由多君はありそうだ。那由多君が撮った写真、僕は好きだよ」

「おれも！」

狭間堂さんが微笑み、ポン助が小さな手を上げる。

雑貨屋の一角の写真館は、着々と写真を増やしていた。お盆の時期にやった灯籠《とうろう》流しの写真も写真館に飾ったが、華舞鬼町の住民がわざわざ見に来てくれていた。

流石に、写真を見てワイワイとやっている輪には恥ずかしくて入れなかったけれど、『いいね』を沢山貰《もら》っているような気がして、とても嬉《うれ》しかった。

「僕は、そんな……」

「自信を持ちなよ。それが、君の道になる」

狭間堂さんは、確信に満ちた顔でそう言った。

「僕の道……」

その時、駅のホームにアナウンスが入る。どうやら、終電が来たらしい。

電車のヘッドライトは闇を切り裂き、トンネルの向こうからやって来る。眠たそうなビジネスマン達の顔を照らし、ホームの前に滑り込んだ。

僕達はビジネスマンの集団に押されるように、車内へと入る。僕ははぐれないようにポン助の手を摑《つか》み、ポン助は狭間堂さんのシャツの裾《すそ》をぎゅっと摑んだ。

件《くだん》の駅は、この一つ先だ。背の低いポン助は「むぎゅう」と潰《つぶ》されそうな声を出していたので、早く解放してやりたい。

電車が停まると、狭間堂さんは「降ります」と周囲に声をかける。他の乗客が道を譲ってくれたおかげで、僕らははぐれずにホームへと着いた。

「やれやれ。この駅だね？」

僕達以外にも何人か降りたものの、やはり、利用者は少ない。それほど広くないホームには見覚えがあり、僕はこくりと頷《うなず》いた。

電車が去ってしまうと、辺りはしんと静まり返る。降りた人間はさっさと階段を上り、改札へと行ってしまったのだ。

ホームの先端は辛うじて灯りが届くものの、随分ぼんやりとしていた。その先のトンネルは、深く重々しい闇を蓄えながら、じっとこちらを見つめているようだった。

「おれ達も、早く行こうぜ」

ポン助はぷるりと身体を震わせ、僕と狭間堂さんの腕を摑んで、ぐいぐいと改札口方面に促す。

「そうだね。那由多君、案内を頼めるかい？」

「は、はい」

狭間堂さんは、羽織をまといつつ周囲を警戒する。鋭い眼差《まなざ》しで注意を払う様子は、昼間にのんびりとピーナッツの殻を剝《む》いていた姿からは、想像がつかない。

狭間堂さんをしんがりに、僕達は改札口へと向かう。動画で見たままの風景を前にして、僕の背中にうっすらと汗が滲《にじ》んだ。

改札口を無事に通り抜けると、地下街があった。やはり、いずれも閉まっていて、店内には人の気配が見当たらない。

「えっと。確か、こっちに」

記憶の糸を手繰り寄せつつ、狭間堂さんとポン助を案内した。閉店した店の前を通り、うねった地下道を往く。

その突き当りに、例の蕎麦屋《そばや》が——。

「無い……」

そこには、何も無かった。蕎麦屋の入り口があった場所は、少し黄ばんだ白い壁になっていて、何処の店のものだかも分からない段ボールが立てかけてあるだけであった。

「おかしいな……。一本道のはずなのに」

僕は来た道を振り返る。遠くには、改札口が見えた。他にも道があるのはうかがえたが、構内図を見る限りでは、そちらは地上に繋《つな》がっているはずである。

「駅を間違えたとか？」

ポン助はカワウソの姿になっていて、四《よ》つん這《ば》いでふんふんと鼻をひくつかせる。

「蕎麦屋の匂いはしねぇな。パスタソースとかコーヒーの残り香はするけどよ」

「それは多分、今閉まっている店のだと思う……」

僕とポン助は戸惑う。そんな僕達に、狭間堂さんはスッと閉じた扇子を差し出した。

「しっ。静かに……」

チカチカと頭上の照明が点滅する。ポン助が「ひっ」と声をあげた。僕の喉《のど》も引きつるものの、声すら出て来ない。

光のもとで明らかになった世界と、闇に包まれた世界が交互にやって来る。狭間堂さんは、僕達をかばうようにその様子をねめつけていた。

そんな中、僕は気付いてしまった。

世界が照らされた瞬間に、改札口が見えなくなっていることに。その代わりに、真っ黒な人影が、電灯が点滅するごとに近づいていることに。

「あ……あ……」

影が、そして、光が近づいて来る。周囲が闇に閉ざされた時、代わりに影がぼんやりと光っていた。近づくごとに、それが、ランプであることに気付く。

「今晩は」

足音も立てずに、『それ』はやって来た。

「不思議な話を、ご所望かい？」

現れたのは、真っ黒なマントに、学生帽を被《かぶ》った若者だった。

手にしているのは、アンティークのランプだ。ぼんやりとした青い光が、ちょろちょろとランプの中で燃えている。点滅する照明が消える度に、若者のやけに白い肌を闇の中に浮かび上がらせていた。

「こ、こ、この人……」

「分かった」

僕が見た人だ、というまでもなく、狭間堂さんは僕とその人物の間に割って入る。

「あの時の退屈をしていた子か」

その人物は、やけに整った柔らかさを感じさせない唇で、そう言った。

「僕《やつがれ》に会いたいという声が聞こえたのだが、嬉しいことだ。僕《やつがれ》の話は、お気に召してくれたかな？」

その人物は、ニコリと微笑む。

均斉のとれた無駄のない容姿で、大凡《おおよそ》の人が想像する模範的な笑顔だが、そこに、人間味は欠片《かけら》も感じなかった。あたかも機械が作り出したかのような、完璧《かんぺき》で不自然な笑顔だった。

「あ、会いたくは……」

無い。そう答えようとするが、喉からヒューヒューと音がするだけで、声にならなかった。

「君は、何者だ」

狭間堂さんが鋭く問う。しかし、その黒い人物は、ニコニコと不気味なまでに整った顔で微笑み返した。

「何者であるかという問いに対する答えは、生憎《あいにく》と持ち合わせていない。僕《やつがれ》が名乗れば、それが僕《やつがれ》を定義づけることになる。自分自身でどのような存在だと決めることに意義を感じなくてね。僕《やつがれ》が何なのか、君達が決めたまえ」

見た目はそれこそ、レトロな学生のそれだ。彼の口調はひどく落ち着いていて、若い外見とは不協和音を奏でていた。

「……アヤカシ、とは少し違うようだね。広義ではアヤカシなんだろうけれど、もっと現象に近い気がする」

狭間堂さんは、若者から視線を外そうとしない。狭間堂さんの推測を、彼は笑みを少しも崩さずに聞いていた。

「現象に、近い？」と、僕はかすれた声で問う。

「ああ。アヤカシにはかなりの種類がいてね。ポン助君のように、妖力を持った獣もアヤカシだけど、嵐や洪水、地震などという現象も、アヤカシになることがあるんだ」

「それじゃあ、このひとも……？」

僕は、鞄越《かばんご》しにカメラに触れようとする。しかし、金縛りのように身体が動かない。辛うじて、口と目が動く程度だ。

あるのだろうか。

狭間堂さんにしては、随分と心許《こころもと》ない答えだ。狭間堂さんにも、分からないことが

「……恐らく」

「君」

マントの若者は、僕に向かってそう言った。

「僕《やつがれ》は君のために現れたのだ。君の声に応《こた》えようじゃないか」

「え……？」

僕は目を瞬《しばた》かせる。心臓が早鐘のように鳴り、全身に泡立つような寒気が走った。

しかし、僕は相手のランプで揺らめく奇妙な光から目が離せない。

「那由多君、いけない！」

狭間堂さんが叫ぶ。

しかし、抗《あらが》う術《すべ》もなく、僕の意識は怪しい光に吸い込まれていったのであった。

気付いた時には、僕は夜の街に突っ立っていた。

「あれ……？」

狭間堂さんも、ポン助もいない。

街灯がチカチカと点滅するものの、人気《ひとけ》はない。ビルが幾つか建っているところか

らして、現代の東京だと思われるが、いかんせん、そこが何処だか見当がつかない。

周囲は住宅街のようだった。しかし、照明が点《つ》いている家は一軒もなく、頼りない街灯に照らし出される塀や壁は、すっかり土ぼこりを被《かぶ》り、煤《すす》けていた。

「狭間堂さん、ポン助！」

僕の声は闇の中に溶けていく。当然のように、応える者はいなかった。

「なんだ、ここは……」

足音を忍ばせながら、ゆっくりと歩き出す。

そうしていると、じっとりと湿った空気が、僕の身体にまとわりついて来た。手のひらに、うっすらと汗を掻《か》く。

「そうだ、カメラ！」

ここは境界かもしれない。妙なところは境界だと決めつける癖が、僕の中ですっかり出来上がっていた。

カメラで周囲を撮れば、何かが分かるかもしれない。

そう思って、住宅街の一角をファインダーに収めた、その時だった。

カシャーン、と妙に軽い落下音がした。ファインダーの隅に、白いものがコロコロと転がる。

ボールだろうか。誰か、いるのだろうか。

そう思ってカメラを鞄に入れ、白いものに駆け寄ったその瞬間、僕の心臓は止まりかけた。

「ひ、ひぃぃ！」

悲鳴をあげるものの、ちゃんと声になっていたかどうか分からない。そんなことよりも、目の前にあるものの方がヤバかった。

「ず、頭蓋骨《ずがいこつ》じゃないか……っ！」

そう。目の前に転がって来たのは、人骨だった。丁度、空洞の眼窩《がんか》をこちらに向け、じっと虚《うつ》ろな視線で見つめていた。

これは何だ。転がって来たのは偶然か。それとも、誰かが転がしたのか。

僕が動けないでいると、空洞の眼窩にぽっと火がともる。青白く輝くそれは、炎ではなかった。目だ。

「うわあああ！」

ぎょろりと骸骨に睨《にら》まれた僕は、いよいよ意識を手放しそうになる。

だが、頭蓋骨はそんな僕の横をコロコロと通り過ぎた。

「えっ……？」

「ははは。実に見事な驚きっぷりじゃないか」

背後から、聞き覚えがある声が聞こえる。僕が思わず振り向くと、カメラのフラッシュが僕の目を眩《くら》ませた。

「うわっ」

「おっと、残念。目をつぶってしまったか。己《お》れのカメラに、那由多君の驚いた顔を収めたかったんだがね」

「円さん……！」

転がって行った骸骨の代わりに、円さんが立っていた。相変わらず、すらりとした身体に不釣り合いなごついカメラを持っている。

「もしかして、今のは……」

「己れの一部だぜ。偵察をしていたら、那由多君の足音が聞こえてね」

「それで、驚かせようとした……」

「ご名答」

円さんは薄く笑いつつ、色眼鏡をかける。

「本当に驚かせようとしただけですか……？」

「おいおい。ずいぶんと疑り深いじゃないか。悲しいねぇ。己れと那由多君の仲だろう？」

円さんは、しれっとした顔でそう言った。悲しさは微塵《みじん》も伝わって来ない。

「寧《むし》ろ、僕と円さんの仲だから疑っているっていうか……」

「それじゃあ、ここに独りでいるかい。独りじゃ心細いと思ってたんだがね」

その言葉に、ハッとする。円さんは、相変わらずの笑みを湛《たた》えたままだ。

「そう言えば、怪談を調査しているって……」

「狭間堂から聞いたのかい？」

円さんの問いに、僕は素直に頷《うなず》く。円さんは、「ふぅん」と目を細めただけだった。

「狭間堂さん、円さんを信頼しているって……」

円さんの反応が気になった僕は、本人に直接伝えてみる。しかし、円さんの反応は実に微々たるものだった。

「狭間堂は、お人好《ひとよ》しだからね」

円さんは背中を向けてしまう。僕の方からは、表情が窺《うかが》えなくなってしまった。

「その、円さんと狭間堂さんって、どういう関係なんですか？　友達にしては不思議な距離感っていうか……。何だか、狭間堂さんにとって、円さんは特別な気がして」

「特別？」

その一言が、やけにひんやりとしているように思えた。

「え、ええ。円さんにとっての狭間堂さんが特別なのは、誰が見ても明らかだと思うんですけど……。狭間堂さんも、円さんのことをずいぶんと気にしているような気がして……」

「それは、己れが問題児だからだろう？」

円さんは、背中を向けたままそう言った。

果たして、そうなのだろうか。問題児だとしたら、狭間堂さんは円さんを信頼するだろうか。

抗議をしようとするものの、声が喉《のど》に引っかかって出て来ない。円さんの背中からは、ピリピリとした威圧感が漂っていた。

「狭間堂に──特別はない。あいつは、全てに等しく手を差し伸べようとしているだけだ。こちらにとって狭間堂が何であろうと、狭間堂にとってのこちらは、等しく誠意を見せるべき相手なのさ」

「そんな……」

「那由多君。それは君も例外ではないのだぜ？　狭間堂に特別な思い入れがあると、泣きを見ることになる」

振り返った円さんは、いつもの食えない笑みを湛えていた。漂っていた緊張感が消え失《う》せ、僕は深い息を吐いた。

「僕にとって、狭間堂さんは特別です。でも、泣きを見るような感情は抱いてません」

「ほう？」

「狭間堂さんは、頼りになる人で、尊敬すべき人です。人生の先輩っていうか……」

「なるほど。その程度であれば、良い距離感なんじゃないのか？」

円さんは肩をすくめた。彼は、それ以上、狭間堂さんのことを語ろうとはしなかった。

「さてと。那由多君は、どうしてここに？」

円さんに尋ねられ、大事なことを思い出す。

そうだ。僕はあの怪しげな人物によって、この不可思議な空間に飛ばされたのだ。

かいつまんで説明すると、「成程ね」と円さんは納得する。

「レトロな学生姿の奴か。そいつは、己れが追ってる相手だな」

「円さんも、会ったんですか？」

「いいや」と円さんは頭《かぶり》を振った。

「その容姿は、取材の時に聞いただけだ。己れ自身は、まだ接触出来ていなくてね。奴はどうやら、亡者よりも生者の方がお好みらしい」

「一体、どうして……」

「生者の噂話の方が、実現させやすいのさ」

円さんが、聞き捨てならないことを言った。

「今、何て……」

僕が聞き返すと、円さんはにやりと笑った。

「噂話を実現させる。それが奴の目的のようでね。己れが遡《さかのぼ》れるだけで一か月間、奴が出現した場所では、怪談が実話になっている」

「怪談が……実話に……」

「心当たりがあるようだ。インタビューをしても構わないかな？」

円さんは、僕の顔をずいっと覗《のぞ》き込む。色眼鏡越しとは言え、その眼力には有無を言わさぬ力が籠《こも》っていた。

僕は、促されるまま頷く。

僕の持っているピースと、円さんが集めたピースが、上手《うま》く嵌《は》まり合ったような気がした。俄《にわ》かには信じ難いが、あの学生姿の人物が現れた場所の怪談が実話になるのならば、あの時、僕が遭遇したことによって、灯り無し蕎麦が実現してしまったのではないだろうか。

僕から話を聞いた円さんは、「ふむ」と相槌《あいづち》を打つ。

「姿を見られたから実現するのか、実現するから姿を見せるのか、それはまだ分からない。だが、生者が怪談の噂を恐れれば恐れるほど、ケガレが溜《た》まる。ケガレが溜まれば――」

「悪いことが起こる……？」

僕の答えに、円さんは満足したように微笑む。

「そう。それによって、怪談が実現するわけだ。それが、已れがここ最近で調べ上げたことさ」

「流石……ですね」

「それほどでもない。取材も、まだ不完全でね」

円さんは謙遜《けんそん》もそこそこに、話を進める。

「不完全……ですか？」

「そう。この程度の取材じゃあ、記事はそこまで面白くならない」

「そう……ですかね。僕は充分だと思いますけど……」

噂話が本当になるという事実だけで、かなりの衝撃だ。しかし、円さんはそれでは満足出来ないらしい。

「已れが求める真実は、この先さ。それで、こんなところまでやって来たんだ」

「そもそも、ここは一体……。境界の一種だとは思うんですけど……」

何処の家にも灯りがない。これでは、灯り無し蕎麦ではなく、灯り無し住宅街である。

「そう。境界の一種にして結界。どうやら奴は、お気に入りの人間をここに閉じ込めようとしているらしい」

円さんは僕の方を見やる。背筋に、軽く寒気が走った。

「円さんは、どうやってここに入ったんですか……？」

「己《お》れは、一つ一つを独立させれば、ちょっとした結界の中は行き来が出来てね」

円さんは、何ということも無い顔でそう言った。そう言えば、桜の森に侵入した時も、一部だけ結界の中に入っていた。

「じゃあ、出るのも……」

「己れは出来る」

円さんは、意味深な笑みを湛える。

勘がそこまでよくない僕も、そこに隠されているメッセージは読み解けた。

「だけど、僕はそんな芸当が出来ないから、どうにかするしかない……」

「そういうこと。そのヒントを、那由多君がちゃんと持っていてね」

「僕が持っている……？」

僕は、祖父のカメラが入っている鞄《かばん》に視線を落とす。わざわざそう言われるほどのものと言えば、祖父のカメラくらいしかない。

「祖父のカメラで、ここから出られるんですか？」

「恐らく。那由多君のカメラは、その鍵《かぎ》になっている」

円さんは、澄まし顔でそう言った。

その言葉に、間違いは無いように思える。だけど、円さんはまだ、何かを隠しているようだった。

一体、祖父のカメラで何をさせようとしているのか。

円さんを見つめ返すが、あの不透明な薄い笑みと、色眼鏡越しでも強い視線に阻まれてしまう。彼の本心が読めるほど、僕には推理力も度胸も無かった。

どちらにせよ、僕は円さんの言うように、カメラを使ってどうにかするしかない。

狭間堂さんとポン助は、一体どうなってしまったのだろう。円さんの口ぶりだと、境界に飛ばされたのは僕だけのようだ。

それならば、きっとふたりは心配しているはずだ。

「……分かりました。どうすればいいのか、教えて貰《もら》えませんか」

僕が腹をくくると、円さんは待っていたようにニヤリと笑う。

「こういう場所から出るには、浮世との接点を見つけるのが手っ取り早い」

「浮世との……接点？」

「そう。そこが、最も浮世から近い場所である可能性が高いのさ」

「そうは言っても……」

周囲を見回すが、都内でよく見る住宅街が続いているだけである。浮世との接点は窺《うかが》えない。

「この辺は良くない。もう少し、特徴がある場所へ移動すべきだと己れは思うぜ」

「そ、そうですね……」

僕はのろのろと歩き出す。盗み見るように背後を振り返ると、三歩くらい離れて円さんがついて来てくれていた。

「どうして、隣を歩いてくれないんですか……」

「お手並みを拝見したいからさ」

円さんは、自分のカメラを掲げてみせる。シャッターチャンスを窺っているのだろう。

「本当に人が悪いなぁ……」

いや、アヤカシだからアヤカシが悪いになるのだろうか。それとも、元々は人間だから、人のままでも良いのだろうか。

そんなことを考えていると、円さんが声をかけて来た。

「まずは、ここが何処だかを把握するといい」

進行方向には、高架橋が見えて来た。そしてその脇には、小ぢんまりとした施設が佇《たたず》んでいる。

「『すみだ緑《みどり》図書館』……。っていうことは、ここは墨田《すみだ》区ですか？」

僕の質問に、円さんはにんまりと笑って頷《うなず》いた。

しかし、墨田区は広い。これだけだと、僕の知識では墨田区の何処だかが分からない。

高架橋の下を抜けると、開けた空間に出た。道の左右に公園があり、左手の広い公園には近代的な建物が建っている。

そこには、『すみだ北斎《ほくさい》美術館』と書かれていた。

公園には遊具があり、周囲の住宅街に住んでいる子供達が遊べそうだ。しかし、今はどんよりとした空気が広がっているばかりで、人気《ひとけ》は無かった。それどころか、遊具には赤錆《あかさび》が浮かび、ブランコは不自然にぎぃぎぃと揺れている。

僕は、そのブランコを視界に入れないように目をそらす。

「この先に、北斎通《ほくさいどお》りと呼ばれている大通りがあってね。そこまで行けば、ここが何処だかピンとくると思うぜ」

円さんは、進行方向を顎《あご》で指す。

「この辺りは、本所と呼ばれている場所でね」

「あっ……」

本所と言えば、本所七不思議が連想される。そして、『灯り無し蕎麦』もまた、本所七不思議の一つだ。

「もしかして、灯り無し蕎麦の舞台になった場所がここに……」

「そういうことさ。那由多君が灯り無し蕎麦に関わって閉じ込められたのならば、灯り無し蕎麦を以《もっ》て外に出られるということだ」

つまり、灯り無し蕎麦の怪談が鍵となるということか。

「灯り無し蕎麦の言い伝えがあった場所を、このカメラで撮れば……」

「浮世と繋《つな》がるかもしれないぜ」

円さんの長い指が、僕の祖父のカメラを指し示す。僕はこくりと頷き、カメラを構えた。

「流石に、正確な場所までは知らないがね。おおよその場所なら知っている」

「本当ですか!?」

「案内しよう」

円さんは僕を先導する。

「因《ちな》みに、この公園には昔、津軽越中守《つがるえっちゅうのかみ》の屋敷があってね。本所七不思議の、『津軽の太鼓《たいこ》』の舞台となったのさ」

「えっ、まさかの……」

僕は思わず、公園の方を見やる。道の左右に公園があり、右の公園は狭くて遊具もなく、隅っこに休憩所がある程度だった。それに対して、左の公園は広く、遊具のみならず小さな美術館まであるという。もしかしたら、左右合わせて屋敷の敷地だったのかもしれない。

『津軽の太鼓』の話は知ってるかい？」

唐突に質問をしてくる円さんに、僕は首を横に振った。

「まあ、通常、大名屋敷は板木を叩《たた》いて火事を報《しら》せることになっていたにもかかわらず、何故かこの屋敷だけは太鼓だったっていう話だしな」

円さんは肩をすくめる。太鼓で報せるというのは、火消し役人にのみ許されていたことだという。

「確かに、それは不思議と言えば不思議ですけど、怪談じゃないですよね……」

「だが、ここの屋敷の火の見やぐらの板木を叩くと、何故か太鼓の音がするっていう話もあってね」

「それはちょっと怖いですね……」

僕は軽く身震いをしてしまった。

「ほら、今も聞こえるだろう？　火事を報せる太鼓の音が……」

円さんは立ち止まり、僕に耳を澄ませるように促す。僕もつい立ち止まってしまったが、太鼓の音は聞こえなかった。

「や、やめて下さいよ。そうやって人を驚かせようとして……！」

「ん？　那由多君には聞こえないのか？」

「聞こえませんってば！　もー！」

「ふぅん」

僕をからかうかと思いきや、円さんは腑《ふ》に落ちないような顔をしたまま進行方向へと向き直った。

円さんは、本当に太鼓の音を聞いたというのだろうか。

そう思った瞬間、背筋にぞくりと寒気が走る。屋敷跡である公園から逃れるように、僕は円さんの背中を押しながら先へと進んだ。

しばらく行くと、大通りに出た。どうやらそこが、北斎通りらしい。

車も走っていない、誰もいない大通りを、僕と円さんの足音だけが響く。空には星も月もなく、チカチカと弱々しい街灯だけが頼りだった。

たったふたりっきりなのに、ふたりでいるような気がしない。

ざわざわとした気配が僕の周りを取り囲んでいて、集団の中に取り込まれているようだった。妙な気配に取り巻かれながらも、僕は無言で進む。

恐らくこれは、円さんが集合霊のようなものだからだろう。自分にそう言い聞かせながら、円さんの後をついて行く。

「この辺りじゃないかな？」

円さんは、大通りのど真ん中で足を止めた。

左右には背の高いビルが建ち並び、蕎麦屋《そばや》らしきものは見当たらない。その通りの突き当りには、見覚えのある大きな白い建物があった。

「あれって、江戸東京博物館《えどとうきょう》……？」

「そうとも」と円さんは頷く。

つまり、ここは両国《りょうごく》か。

「今は北斎通りと呼ばれているこの辺りに、灯り無し蕎麦があったようでね」

円さんはそう言って、通りをぐるりと見回す。

「この辺りは昔から栄えていた地域ですよね。ということは、この大通りも、昔から
メインストリートだったっていう……」

「まあ、元々は水路があってね。そいつを埋め立てたから、こんなに道幅が広いのさ。

そして、あの江戸東京博物館や国技館《こくぎかん》の近くには御竹蔵《おたけぐら》があった」

「御竹蔵？」

「幕府の資材置き場さ」

円さんは、まるで見て来たかのように語る。

「さあ。写して御覧よ」

円さんが顎で通りに並ぶ建物を指し示す。道案内はここで終わりらしい。

「……分かりました」

円さんに言われるままに、一歩踏み出す。

このまま、彼に促されるままにシャッターを切って大丈夫だろうか。彼の目的は、何なんだろうか。僕に危険が及ぶことをしようとしているのではないだろうか。

円さんが働きかけたために、危険な目に遭ったこともある。でも、働きかけてくれなければ解決しなかったこともある。だから、信じていいんだろうか。

――円君は信頼出来るよ。

狭間堂さんはそう言っていた。だったら、僕は円さんを信じる狭間堂さんを信じよう。

祖父のカメラを構え、通りに並ぶ建物をファインダーに入れる。

今はすっかり立派なビルが並んでいるが、昔はどのような姿だったのだろう。空はもっと広く、時代劇で見るような江戸情緒溢《あふ》れた町だったのだろうか。

ファインダー越しの景色が、陽炎《かげろう》のように揺らめいている。捉《とら》えどころのないものが、カメラのレンズを遮っている気がする。そして、ほのかに、腐ったおにぎりの臭いがする。このケガレの臭いは何処から来るのだろう。町全体からか、それとも、僕からか。

「そんなの、どうでもいい。今は、僕の真実を写すだけだ……！」

全てを振り払うように、シャッターを切る。

風景の向こうの、真実を捉えてやるという気持ちを込めながら。

シャッター音とともに、フラッシュが辺りを包む。夜道が、店が、全てが光に塗り潰《つぶ》され、僕もまた眩《まばゆ》い光に包まれた。


「那由多君！」

狭間堂さんの声がする。

気付けば、僕はあの地下街にいた。目の前には、狭間堂さんとポン助がいる。そして、あの学生姿の人物も——。

「術が、破られた……？」

彼は、あの能面のような顔に些《いささ》かの驚愕《きょうがく》を湛《たた》える。その瞬間、フラッシュが再び僕の視界を覆った。

「ようやく捉えたぜ。仕掛けを解明するのが目的だったんだがね。怪談の親玉とその仰天する顔が同時に見れるとは、これは僥倖《ぎょうこう》だ」

地下街の陰から、カメラを携えた円さんがぬっと現れる。彼が欲しかったのは、この瞬間だったのか。

しかし、学生姿の人物は、円さんの方を見つめるとにんまりと微笑んだ。

「真実はカメラに写るかもしれない。だが、真実でないものはどうかな？」

「何……？」

円さんは、自分のカメラのデジタル画面を見やる。僕も覗《のぞ》き込んでみたが、そこには、あの学生姿の人物は写っていなかった。驚いた顔の僕とポン助、虚空に向かってねめつける狭間堂さんだけが、そこにいた。

「僕《やつがれ》は虚像にして混沌《こんとん》。幾万の画素とやらを用いても、僕《やつがれ》の姿を映すことは叶《かな》わない。何故なら、僕《やつがれ》は君達の知覚に働きかけて存在しているのだから」

学生姿の人物は、ランプの中の炎を揺らめかせながら、僕と、円さんを見やる。その目に、僕はぞっとした。

円さんのような、こちらに入り込むような視線でも、大勢で見つめているような視線でもない。そこに、何も無いのが明らかだったからだ。

虚像というのは言い得て妙で、捉えどころがないどころか、捉えるべきものが無いように思えた。

「久遠寺那由多と、百代円《ひゃくだい》として括《くく》られる者達よ」

「…………！」

色眼鏡越しに、円さんの目つきがさっと変わる。それは、あからさまな敵意であった。

狭間堂さんは、そんな円さんと、僕をかばうように立ちはだかる。学生姿の人物は、さもつまらないものを見るかのような表情を、狭間堂さんに向けた。

「指針や道標《みちしるべ》を示す者よ。君が望むのは秩序かな。君が築こうとしている世界は美し過ぎる。もっと混沌としていても良《い》いじゃないか」

「僕は綺麗《きれい》な世界を作ろうとしているんじゃない。ただ、ひとりでも多くのひとが、悲しまずに過ごせるような場所を作りたいだけだ」

狭間堂さんは間髪を容《い》れずに反論する。その迷いの無さが頼もしく、その背中はとても大きく見えた。

「それが、余計に混沌の元になっているとも知らずに」

「えっ？」

狭間堂さんは、虚を衝《つ》かれたような声をあげる。学生姿の人物は、僕と円さんを見て口角を吊《つ》り上げた。

「自身の定義づけを厭《いと》うていたが、気が変わった。彼が道を照らす者ならば、僕《やつがれ》は道を否定する者とでも名乗ろう。——虚路《ウツロ》。それを、僕《やつがれ》の存在を示す記号とすればいい」

「ウツロ……」

僕が思わず復唱すると、虚路はいかにも満足そうに微笑んだ。

「では。——また会うだろう。道に迷う者達よ。今宵の怪談は、ここで終わりだ」

虚路は、携えていたランプの灯《あか》りをふっと消す。

すると、彼の姿は、幻のように消え去ってしまった。

「……ふひー、怖かったぁ」

ポン助が、へなへなと長い胴を折り曲げる。狭間堂さんの足元に隠れていたらしい。

脱力したポン助は、伸び切ったうどんのようになっていた。

「やれやれ。本当に去ったみたいだ。……那由多君、円君、無事かい？」

狭間堂さんが振り返る。僕はカクカクと頷《うなず》いたが、円さんは、そっぽを向くように回れ右をした。

「己《お》れは華舞鬼町に帰るよ。してやられて、随分と興が醒《さ》めた」

「有り難う、円君。那由多君を導いて、内側から結界を破ってくれて」

狭間堂さんは、円さんの背中に優しい声をかける。だが、円さんは照れも喜びもせず、そのまま立ち去ってしまった。地下街の店と店の間に入って行ったので、境界へと滑り込んだのだろう。

「相変わらず、素直じゃねぇの」

ポン助は鼻をひくひくとさせながらそう言った。

「円君は他人《ひと》の記事を書くのが好きだから、自分の手柄になると都合が悪いみたいだしね。まあ、他にも色々とあるんだろうけど……」

「ここ一番のスクープが撮れなかったしなぁ」とポン助は頷く。

「うん……」

狭間堂さんの歯切れは、とても悪かった。円さんが消えて行った方角に、気遣うような視線を向けていた。

円さんが言うように、狭間堂さんは本当に、彼を特別だと思っていないのだろうか。問題児だからという理由で、気にしているだけなのだろうか。

「おっ、見ろよ！」

ポン助は地下街の突き当りの、何が入っているかよく分からない段ボールなどが積み上がっている場所へと走って行った。

僕と狭間堂さんも駆け寄る。するとそこには、何人かの人間が、身を寄せ合って眠っていた。

「あっ……！」

その中に、僕が見たユーチューバーもいた。一緒にいてパソコンを抱いているのは、撮影者だろうか。

「那由多君が結界を破ったからね。恐らく、同じ場所に放り込まれていたんじゃないかな」

狭間堂さんはそう言った。彼らは、灯り無し蕎麦の怪談に関わって行方不明になった人達ということか。そして、円さんがアドバイスをくれなかったら僕も、彼らと一緒に閉じ込められていたということなのだろうか。

今更ながら、ぞっとする。

「円さんに、助けて貰《もら》ったようなものです。後で、ちゃんとお礼を言わないと……」

「うん。お礼を言うのは良いね。円君は、素直に受け取らないかもしれないけれど」

狭間堂さんは、ちょっと困ったように笑った。

「でも、那由多君のお蔭《かげ》でもあるんだよ。本当に、有り難う」

狭間堂さんが僕の肩をポンと叩《たた》く。その手のひらの温かさに、少しだけ気持ちが楽になった。

「でも、僕はシャッターを押しただけで……」

「ただ写真を撮っただけでは、浮世とは繋《つな》がらなかった。だから、円君は君にやらせたんじゃないかな。君のお祖父《じい》さんのカメラの力と、那由多君自身の真実を見極めようとする力が必要だったんだ」

「僕の……力が……」

「自信を持って」

狭間堂さんが、軽く背中を叩く。そのお蔭で、自然と背筋が伸びた。

「さてと。あとは駅員さんに託そう。僕は、駅員さんを呼んで来るから」

狭間堂さんは、気を失っている人達が無事なのを確認すると、改札口の方へと走っていく。

去り行く瞬間に、一瞬だけ表情が窺《うかが》えたが、そこに笑顔はなかった。ただ真剣な眼《まな》差《ざ》しで、前を見据えていた。

「虚路……か」

僕は、あの正体不明の人物が立っていた場所を見つめる。まるで最初からなにもいなかったかのように、何の痕跡《こんせき》もなかった。

祖父のカメラから出て来た写真は、いつの間にか現像されていた。

そこには、あの両国の風景と北斎通りが写っている。

「あっ」

僕は思わず叫ぶ。

ビルが並ぶ大通りに重なるように、蕎麦屋《そばや》があった。時代劇で見たような蕎麦屋で、看板は出しているものの、灯りは点《つ》いていない。

これが、灯り無し蕎麦か。

虚《うつ》ろな店内から溢《あふ》れる闇は、見る者の心をじわじわと侵していきそうだ。僕が目を離せないでいると、やがてその姿は陽炎《かげろう》のように揺らぎ、気付いた時には、真っ黒な写真がそこにあるだけになっていた。

最初から何も写せていなかったかのような写真が、僕の手の中に残る。捉《とら》えたと思った真実は、虚ろだったのか。

そんな中、ただ、胸の中に広がる嫌な予感だけが、彼の存在の爪痕《つめあと》となって、生々しく残っていたのであった。

第二話　那由多と姥ヶ池の怪談

後期授業が始まり、また、慌ただしい日々に追われる。

柏井君はやっぱり日焼けをして登校して来たし、鹿児島の話をたくさんしてくれた。

日中もすっかり涼しくなり、青々と茂っていた木々の葉がいつの間にか地面に落ちるようになって、季節が落ち着いたところで、転機が来た。

「那由多、お誕生日おめでとう！」

いつものように夕飯を済ませて自室に戻ろうとすると、母がキッチンから誕生日ケーキを携えてやって来た。

「えっ、誕生日？」

「うそ。あんた、忘れてたの？」

姉があきれ顔でそう言った。

「うん……。別に、自分の誕生日にそれほど興味がないっていうか……」

「あんた、まだ自分の誕生日を忘れるほど誕生日を迎えてないじゃない……。それに、十九歳よ、十九歳。十代最後の年が始まってるのよ！」

姉は、母が用意してくれた太めのロウソクと、細い九本のロウソクを僕に突きつける。

「十代最後って言っても、十代にあんまり有り難味が……」

「まー、なんて罰当たりな！」

姉は大袈裟《おおげさ》に嘆いてみせる。

「そんなこと言って、二十歳になったら後悔するわよ」

「僕は早く大人になりたいよ。十代だと、出来ないこともあるし」

「アダルトコーナーに堂々と行くとか……？」

「それは十八歳でも行けるし、そういうのじゃないから！」

何とも言えない表情でこちらを見つめる姉に、全力で抗議する。すぐにそういう方向に持っていくところは、ポン助とあまり変わらないのではないだろうか。

「まあ、いいや。……とにかく、ありがとう」

僕は自分の席に座り直し、改めて、母が用意してくれた誕生日ケーキを見つめる。

多過ぎもせず少な過ぎもしない生クリームが載せられた、誠実に作られたショートケーキだ。ご丁寧に、チョコレートのプレートまでついていて、『那由多君　お誕生日おめでとう』と書かれている。画数が多い上に、音で聞いただけではパッと漢字が出て来ない名前を書いてくれた店員に、心の底から感謝する。

「まあ、こういうのが用意出来るのも十代のうちだから、今日は好きなだけ食べなさい」

母は、姉からロウソクを受け取って、誕生日ケーキにぶすぶすと差し始める。

「そうそう。私もケーキは十九歳までだったし」と、姉もまた、母とは反対側からロウソクを差す。

「昔は人間五十年って言っていたけれど、那由多もそろそろ五分の二の生を全うしたことになるのねぇ」

ロウソクだらけになる誕生日ケーキを眺めながら、祖母がしみじみとそう言った。

「お祖母《ばあ》ちゃん、今《いま》は人間百年だよ……」

ゆうに五十歳を超えて未だに元気な祖母に、僕は力なくツッコミをする。

大小合わせて十本のロウソクがチョコレートのプレートを囲む中、母が手際よくチャッカマンで火を灯《とも》した。待っていましたと言わんばかりに、姉が照明のスイッチを切り、キッチンは夜の闇に包まれた。

そんな中で、十本のロウソクが健気《けなげ》に火を灯している。その、小さいながらも温かい光は、華舞鬼町の水路に流した灯籠《とうろう》のようだった。

「ほらほら。早く吹き消して！　蠟《ろう》が垂れるわよ！」

「あっ、うん！」

姉に急《せ》かされるままに、僕はロウソクの炎を吹き消す。しかし、肺活量が足りないせいで、半分も消えなかった。それから何回かに分けて、ようやく十本のロウソクの火が消えた。

「改めて、お誕生日おめでとう！」

三人の声が重なる。何度祝われても、自分の誕生日というのはむず痒《がゆ》いものだ。だからこそ、意識的に忘れようとしていたのかもしれない。

僕が照れくさそうにうつむいていると、「ただいま」という父の声が玄関から聞こえた。

「あっ、お父さん。今日は残業なかったんだ」

姉が照明のスイッチを点《つ》け、その足で父を迎えに行く。背広姿の父は、やけに大きな家電量販店の紙袋を提げて帰って来た。

「仕事なんて終わらせて来たさ。これも、買いたかったしな」

父は、紙袋を僕にずいっと突き出した。

「へっ？」

「ほら、誕生日プレゼントだ。お前に買ってやるって言っただろう」

「まさか……」

僕は父から紙袋を受け取ると、急いでその中身を取り出した。包装紙を破り、パッケージを確認すると、なんとそれは、ミラーレス一眼だった。

「カメラだ！」

「お祖父《じい》ちゃんのレトロなインスタントカメラも悪くないが、今の時代に写真を趣味にするなら、こういうのも持っておいた方がいいと思ってな」

僕が顔を綻《ほころ》ばせていると、父は得意げに胸を張った。

「ありがとう、父さん！」

「ああ。たくさん写真を撮って、将来、お祖父ちゃんのようなカメラマンになれよ」

父は、何処か誇らしげに僕のことを見つめていた。もしかしたら、僕に祖父を重ねているのかもしれない。

祖母もまた、「いいわねぇ」とニコニコしている。遥《はる》か彼方《かなた》にある思い出を振り返るような、遠い目だった。きっと、祖母も祖父のことを思い出しているのだろう。

「お、お祖父ちゃんのようになれるか分からないけど……大切にする」

それが、僕の精一杯の返答だった。「大事にするのよ」という母の忠告と、「いいなぁ」と羨《うらや》む姉の声には、最早《もはや》、返事をしている余裕はなかった。

自分のカメラを手にしたことで、しかも、最新機種のカメラが増えたことで、僕が進むべき道は増えた。

しかし、その道は祖父も辿《たど》った道で、そこに進むことを期待する人もいるということが分かった。

僕はその道に進むべきなのだろうか。その道に進まなくてはいけないのだろうか。その道に、進むだけの力はあるのだろうか。

プレゼントとともにあらゆるプレッシャーがやって来たような気がして、カメラがずっしりと重く感じた。

誕生日を迎えたということは、また一つ大人に近づいてしまったということだ。まだ、どうするかサッパリ考えていないのに。

ぐるぐると悩み、生きた心地のしない中で、僕はケーキを黙々と食べていたのであった。

以前、円さんにカメラで何を撮りたいのかを尋ねられたことがある。その時、僕は、人に喜ばれるような写真を撮りたいと思っていた。

でも、本当にそうなんだろうか。

浅草《あさくさ》の吾妻橋《あづま》にて、隅田川《すみだがわ》をぼんやりと眺めながら、僕は物思いに耽《ふけ》っていた。

休日の浅草は、観光客で賑《にぎ》わっている。近未来的なデザインの水上バスは、大勢の外国人観光客を乗せて、水飛沫《みずしぶき》をあげながら走っていた。

「色んな国の可愛いねーちゃんがいるなぁ」

吾妻橋の赤い欄干の上でそう言ったのは、ポン助だった。カワウソの姿で、ペンケースのように寝そべっている。それを見つけた通行人は、物珍しそうに携帯端末のシャッターを切っていた。

「ポン助、目立つから人間の姿になろうよ……」

「人間の姿になったら、観光客のねーちゃんの目に留まって、抱っこされたり出来ないだろ？」

「そういうのを狙ってるの⁉　下心有り過ぎでしょ！」

僕は思わずツッコミをしてしまうが、はっと口を噤《つぐ》んだ。ポン助は小声で喋《しゃべ》っているので、僕をはたから見れば、カワウソに全力でツッコミをする不思議な人だ。

「どんまい。まあ、お前みたいなのが好きなねーちゃんもいるぜ、きっと」

「僕はそういうのを期待しているんじゃないよ……」

深い溜息《ためいき》を吐きつつ、僕は新しいカメラを手にする。

ミラーレス一眼は一眼レフと違い、デジタルの画面で感覚的に操作が出来る。特に僕の機種は、携帯端末と同じように使えるようなものらしい。操作法が難しいといけないからという、父の計らいだ。

「おっ、お前のニューカメラじゃん。祖父ちゃんのカメラはどうしたんだよ」

「ちゃんとあるよ、ここに」

僕は肩から下げた鞄《かばん》を見やる。その中には、いつものように、祖父のインスタントカメラが入っていた。

「ああ、よかった。ニューカメラは過去を写せないからな。写真館の写真は、お前の祖父ちゃんのカメラじゃないと撮れないし」

「そうだね……」

祖父のカメラでないと撮れない。確かにそうだ。父が買ってくれたカメラは、何の変哲もない家電量販店で売っていたカメラだ。

「……どうしたんだよ」

ポン助が心配そうに僕の顔を覗《のぞ》き込む。

「いや、祖父の力を借りないと、あの写真館に相応《ふさわ》しい写真が撮れないんだなって思って……」

「まあ、思い出の写真館みたいなもんだしなぁ」

ポン助は、小さな前脚で顎《あご》を擦《さす》る仕草をする。

「でもさ。過去の写真じゃなくても、お前が撮った写真を自由に飾ってもいいんじゃね？　狭間堂さんは、それに反対しないだろうし」

「だけど、今は失われた過去の写真を飾ってはどうかって言われたし……」

狭間堂さんが、雑貨屋の一角を貸してくれた時のことを思い出す。

最初は、とんでもないことに巻き込まれてしまったと思っていた。でも、いつの間にか、あの寂しかった一角は、ハナさんが額を作ってくれた写真でいっぱいになっていた。

この先も、僕はあの一角に、祖父のカメラで撮った写真を飾るのだろうか。いいや、祖父のカメラで撮った写真しか、飾れないのだろうか。

「でも、今だって、次の瞬間には過去になるんじゃね？」

ポン助は、つぶらな瞳《ひとみ》でそう言った。僕は反射的に、狭間堂さんの言葉を思い出す。

――過去がかつて現在だったように、現在は過去になる。そして、未来もね。

「あ、そうか。狭間堂さんも、そう言ってたっけ……」

「マジで？　おれ、とんちかよっていうツッコミを期待してたんだけど」

ポン助は目を二、三度瞬《しばたた》かせるものの、「まあ、狭間堂さんなら言いそうか」と納得した。

「だったら、早速、撮って飾ってみようぜ。ほら、浅草ってインスタ映えする場所が多いし」

ポン助は、吾妻橋の向こうに見えるビールジョッキのような建物と、雲のような炎のオブジェを指さす。

「その辺は確かに、定番スポットだけどさ。単純に、インスタ映えがする写真を飾れば良《い》いっていうもんじゃないんだよ」

僕はそう言いつつも、自分のカメラで浅草名物とも言えるオブジェを撮影した。東《とう》京《きょう》スカイツリーをバックに写したその写真は、いかにも浅草で撮りましたと言わんばかりの画《え》になった。

「いいじゃん」

ポン助は背後からデジタル画面を覗き込み、器用に親指を立ててみせた。

「いや、いいっていうか、平凡っていうか……。被写体がいいから、感じがいい写真になってるだけだよ。どうせだったら、もう少し構図にもこだわりたいし……」

それに、過去を振り返れる写真がいい。この写真を撮った時にああいうことがあったとか、こういうことがあったと思い出に浸れる写真がいい。それこそ、過去を写した写真と言えるのではないだろうか。

「そう……。ちゃんと、その瞬間を切り取りたいんだ……」

「その瞬間、ねぇ」

「円さんは……、異能があるカメラじゃなくてもそれが出来ていたからね。あそこまでは無理だとしても、リスペクトの欠片《かけら》でも感じられるような写真は撮りたいよ」

「ああ、確かに。円の写真は凄《すご》いよなぁ」

記者として、事件の真実に迫る写真を撮っている。ただその場面を撮るだけではなく、被写体の表情を、その中にある心境を大切にしているようだった。

「円と言えば、あのおっかないのがさ」

ポン助に言われ、一瞬でそれが何なのかが分かった。

虚路だ。

あの不確かで曖昧《あいまい》な存在感と、作り物のような能面の笑みを思い出す度に、背筋にぞくぞくと怖気《おぞけ》が走った。

「あ、あのひとが、何……？」

努めて動揺を隠そうとするが、さっぱり上手《うま》く行かなかった。ポン助は、気持ちは分かると言わんばかりに、神妙な顔つきで深く頷《うなず》く。

「あの後、狭間堂さんが華舞鬼町のみんなに注意喚起をして、円が勤めてる新聞社が情報提供を求めたんだけどさ。結局、あいつが何者だか分からなかったんだ」

「アヤカシじゃあ……ないってこと？」

「うーん。華舞鬼町のアヤカシが知らないだけかもしれねぇけど」

ああ、そうか。どこか遠いところからやって来たアヤカシなのかもしれないということか。

しかし、あまりそうは思えなかった。アヤカシと言うには、あまりにも漠然として掴《つか》み処《どころ》が無かったからだ。

どちらかと言うと、正体を失ってしまったケガレに近い気がする。とは言え、虚路は己の意思を持ち、僕達としっかりと会話をしていたが。

「出来ることなら、もう会いたくないかな……」

「おれもだ。まあ、あっちはおれのことなんて眼中になかったけど——」

ポン助のつぶらな瞳は、僕の方を見つめる。

「えっ、僕⁉」

「お前と円、あいつに気に入られてたみたいじゃん。気を付けろよ」

ポン助は、小さな前脚で、ぽむっと僕の肩を叩《たた》く。

「どうして、僕と円さんだったんだろう……」

「カメラ好きだったとか？」

それこそ、共通点はそれくらいしか思い浮かばない。

「寧《むし》ろ、あのひとの方が、円さんの神出鬼没っぷりと被《かぶ》るっていうか……」

「那由多の家の前まで来てたんだろ？　身バレしてるじゃん。気を付けろよ」

そう言われてみれば、そうだった。虚路は既に、僕の家の僕の部屋まで知っている。

あの時は、偶然彼の姿を見つけてしまったのだと思ったけれど、今思うと、気付くように促されていたような気がする。

「ついに、那由多にもストーカーが……」

「やめてよ。ホントにやめて。……それに、わざわざ僕の住処《すみか》を探したような感じじゃない」

「っていうと？」

ポン助の問いかけに答えようとするものの、自分が言おうとしていることの恐ろしさに気付く。

言葉がつっかえてしまい、思わず口をパクパクとさせる。ポン助が不思議そうな顔をするので、僕はしっかりと拳《こぶし》を握り、己を奮い立たせてこう答えた。

「何だか、ずっと前から知っている気がするんだ。初めて会ったような気がしないというか……。でも、全然懐かしくなくて、出来れば、知らないでおきたかったような感じの……」

自分にとって避けたかったものを、見せつけられているような感覚に近い。

ポン助は、そうではなかったのだろう。僕の顔を覗き込み、声を絞り出す様子を心配そうに眺めている。

「……円も、そうだったのかな」

「分からない」と僕は頭《かぶり》を振る。

「あれに会ってから、雑貨屋に来てないみたいだからさ。狭間堂さんが、円に会いに新聞社へ行くところを見たくらいだぜ」

「円さんに会いに……？」

円さんは、常に狭間堂さんの近くにいるような気がしていた。姿を見せなくても、彼の一部がそばにいるのだと。

恐らく、狭間堂さんもそれを知っている。だったら、用事がある時はそちらに声を投げて済ませそうなものだけど。

だが、それが出来ないということは、円さんは本当に狭間堂さんに会いに行っていないということか。

「気になるね」

そして、心配だ。

円さんは怖いところがあるし、全く読めないひとだけど、僕は彼に恩がある。それに、同じ雑貨屋狭間堂の客として、幾分かの仲間意識もあった。

「まあ、円のことは一先《ひとま》ず、狭間堂さんに任せようぜ。あっちの方が、扱い慣れてるだろうしさ」

「……そう言えば、円さんと狭間堂さんって、いつから一緒にいるんだろう」

僕の素朴な疑問に、ポン助は「へ？」と間の抜けた声をあげた。

「言われてみれば、いつからだろうな。おれが知ってる限りでは、ずっと一緒にいるような気がしてるけど」

どうやら、ポン助はいつ来たか知らないらしい。

「ハナさんなら知ってるかな」

「多分。ハナさんは、狭間堂さんが華舞鬼町に来る前からの付き合いみたいだし」

「華舞鬼町に来る前、かぁ」

その頃の狭間堂さんのことは、ほとんど知らない。狭間堂さんには、ちゃんとした本名があって、千葉出身で、真面目に学生をしていたということくらいの情報しかなかった。

「忙しくなさそうな時に、聞いてみようかな」

「そうだな。おれもちょっと気になる」

ポン助は、小さな耳をぴくぴくとさせながらそう言った。

空を見上げると、いつの間にか暗雲が垂れ込めていた。スカイツリーの先端は、すっぽりと雲の中に入っている。

「うーん。雨が降りそうな感じ……」

「おっ、那由多も雨の気配が分かるようになったのか。カワウソの勘ってやつだな！」

「違うよ！　見れば分かるから！」

以前、ポン助はカワウソの勘で雨の気配が分かると言っていたことを思い出す。しかし、頭上の雲は絞っていない濡《ぬ》れ雑巾《ぞうきん》のような色をしていて、勘が無くても明らかだった。

「どうする？　華舞鬼町に戻るのか？」

ポン助が、僕の肩の上にぴょんと乗りながら尋ねる。

「ううん。浅草は建物がいっぱいあるし、雨が降ったら逃げ込めばいいよ。お土産屋さんもあるから、いざという時は観光客向けの傘を買えばいいしさ」

「ああ。忍者刀の形をした傘とか」

「そういうイロモノ要素はいらないよ!?」

そんなものを差していたら、NINJA好きの外国人に注目されてしまう。出来るだけ人の視線を避けたい僕としては、勘弁して貰《もら》いたいところだった。

「取り敢《あ》えず、新しいカメラに慣れたいんだ。操作は楽だけど、色んなモードがあるみたいだし、一通りは試しておきたいじゃないか」

「なるほどな。よし、それじゃあ付き合うぜ」

ポン助は、僕の肩の上で胸を張る。

「はは、ありがとう。動物の被写体が欲しかったら、ポン助に頼むよ。可愛く撮るからさ」

「イケメンアイドルみたいに撮ってくれよな」

「う、うーん……。つぶらな瞳《ひとみ》のイケメンかぁ……」

肩の上でポーズを撮るポン助に生返事をしながら、僕は吾妻橋を後にして、浅草方面を散策する。

雷門《かみなりもん》の方へ向かおうと思ったものの、交差点の辺りから既に観光客がごった返していて、とてもではないが試し撮りが出来るような状態ではなかった。

「うひー。これだと、観光客の頭しか撮れないぜ」

「立ち止まったら邪魔になっちゃうね……。仕方がない、隅田川沿いを歩こう」

雷門へ行くのを諦《あきら》め、隅田川に沿って続く公園の中を散策することにした。

隅田川沿いは、所々に桜の木が植えてあった。時期になれば、さぞ見応《みごた》えがあるだろう。しかし今は、すっかり葉も落ちて、写真に収めるには寂しい風景になっていた。

その下で、追いかけっこをする子供達がいる。雲を被ったスカイツリーを背景に、自撮りをする観光客もいた。

「浅草は何処も賑《にぎ》わってるなぁ……」

これだけ賑わっていると、ケガレも感じない。僕は安心しながら、時折立ち止まり、シャッターを切った。

「ここは晴れてる時にまた来たいね。スカイツリーがよく見えるし」

デジタル画面に映った画像を眺めながら、ポン助に言う。

「そうだなぁ。やっぱり、スカイツリーは先端まで写ってた方がカッコいいもんな」

「あと、青い空の方が映えるだろうし」

「そうそう。建物が白いから、曇った空が背景だと溶け込んじまってる」

ポン助は小さな頭をこくこくと頷《うなず》かせる。

「写真を撮るのって、意外と大変だよね。季節も選ばなきゃいけないし、天気も関係してくるし」

「そう考えると、世の中のカメラマンって凄《すご》いなぁ」

祖父も、そんな風に苦労をしながら写真を撮っていたのだろうか。

自宅の写真館には、たくさんの機材が置いてある。それを駆使して、お客さんの写真を撮っていたのだろうか。

「……何だか、先が長そう」

「おっ。那由多はカメラマンになることにしたのか？」

ポン助は小さな耳をピンと立てる。

「いや、どうなんだろう。お祖母《ばあ》ちゃんと父さんは、僕にお祖父《じい》ちゃんみたいになって欲しいと思ってるみたいなんだけどさ」

あの、期待の眼差《まなざ》しが忘れられない。思い出す度に、祖父のカメラを入れている鞄《かばん》が重く感じる。

「でも、お祖父ちゃんみたいになるには、まだまだ技術が足りないし」

「これから修業を積めばいいんじゃね？　お前はまだ若いし」

僕よりも若そうなポン助は、僕の肩をぽむっと叩《たた》く。

「どれだけ修業をすればいいんだろう。それに、僕はお祖父ちゃんみたいに店でお客さんを撮りたいわけじゃないっていうか……」

「じゃあ、風景専門のカメラマンとか？」

「撮りたいのは、風景なのかな」

祖父のカメラで関わったひと達の過去を撮り、喜ばれる。それは実に、やり甲斐《がい》があるものだった。僕も、そんな仕事が出来れば誇らしいのだろうかと思った。

「多分、僕が撮りたいのは喜ばれる写真なんだ。でも、それってどういう写真なんだろう……」

「喜ばれる写真、ねぇ」

ポン助も一緒に考えてくれる。

祖父のカメラを使わずに、どうやったら、人々の喜ぶ写真が撮れるのだろう。そしてそれは、果たして本当に僕の進みたい道なのだろうか。ただ単に、人に喜ばれる手段として、写真を用いているだけではないのだろうか。

湿った風が僕の頬を撫《な》でる。いつの間にか、隅田川沿いを離れて浅草寺《せんそうじ》へ向かう道に足を向けていた。

大通りの奥に、浅草寺の二天門《にてんもん》が見える。門の前は、相変わらず、観光客であふれていた。

しかし、二天門からならば、浅草寺はすぐだ。境内は広いし、仲見世《なかみせ》通りのように身動きが取れないことはないだろう。

「折角だし、やっぱり行こうか。雷門の前は難しいだろうけど、浅草寺は撮れるかも」

「そうだな。行け、那由多号！」

僕の肩で、ポン助は短い前脚を振り上げた。

「ポン助も自分で歩いてよ！」

「プリティなカワウソのおれが地上を歩いていたら、攫《さら》われちゃうかもしれないだろ」

「攫われても、自力で戻って来れるじゃないか……」

ポン助は人間の姿にもなれるし、境界の中にだって潜り込める。無力で可愛いだけのカワウソではないはずだ。

「あと、那由多の肩の上の方が楽だし」

「はいはい……」

僕は肩が重いんですけど、という文句は吞《の》み込み、観念して二天門へと向かう。

観光客が多い通りは、それこそ昔からあるレトロな建物があったりするのだが、そこから離れれば、近代的で機能的なビルが多くなる。ここ数十年で建てられたと思《おぼ》しきビルを横切りながら、僕達は由緒正しい歴史的建築物を目指した。

その時である。ふと、気になる公園が目に入ったのは。

「お、どうした、那由多」

「いや。この前から、公園が気になっちゃって」

灯り無し蕎麦の一件が終わってから、僕は両国を訪ねていた。そしたら、やはりあの異界で見た時と同じように、津軽越中守の屋敷跡があったのだ。

「この辺りの公園って、何だか意味深な気がしてさ」

僕は公園の中に足を踏み入れる。ポン助も、長い胴をにゅるりと前のめりにして、興味津々な様子だった。

公園は、大きく二つに分かれていた。一つは、フェンスに囲まれた遊具があり、今も子供達が大人に見守られながら、ワイワイと遊んでいた。

そしてもう一つ。鬱蒼《うっそう》と枝を伸ばす木々に囲まれた、池があった。

僕はその池に、妙に惹《ひ》かれてしまった。

木々に囲まれているせいで、池がどうなっているのか分からない。よく見ようと思って近づいたその時、ぽつと頬に雫《しずく》が落ちた。

「雨だ」

ポン助が小さな手のひらを天に向け、肉球で雨を受け止める。

「えっ、こんなところで……！」

二天門の近くならば、お土産屋さんの中に逃げ込むことは出来るだろう。しかし、ここは観光スポットから少し離れた場所だ。通りにお土産屋さんなんて見かけなかった。

「おれは水が滴る良《い》い男になれるけど、那由多は濡《ぬ》れ鼠《ねずみ》になっちまう」

「その差はなに!?」

ポン助だって、濡れたらただの水浴びをしたカワウソだ。別にイケメンになったりはしない。

僕らが辺りを見回していると、ふと、池の向こうにある木の陰に光が見えた気がした。ゆらりと揺らめく炎に、僕は思わず身震いをする。

その怪しげな光には、見覚えがある。

「あれ、もしかして……」

ポン助のお腹を突いて、そちらに視線を向けさせる。すると、ポン助は「おお」と安堵《あんど》の声をあげた。

「喫茶店じゃん」

「えっ、喫茶店？」

目を凝らしてよく見ると、木々の向こうに小ぢんまりとした喫茶店があった。木造でステンドグラスがはめ込まれている、昭和《しょうわ》の香りがするレトロな喫茶店だった。

今のは、喫茶店の照明だったのだろうか。

「びっくりした……。あいつのランプだと思った……」

「あいつって、虚路の？」

「うん」と僕は頷く。

彼の名前を口にするのも憚《はばか》られる。唱えれば唱えただけ、存在を肯定してしまいそうだから。

「とにかく、あそこに入ろう。ポン助は鞄の中に入って」

「おう。ケーキを食べるなら、こっそり鞄の中に入れてくれよな」

「鞄の中にケーキを放り込むのは、なかなかに不審者だよね……」

ポン助がにゅるんと鞄の中に入ると、僕は喫茶店へと急ぐ。

近づいてみると、その喫茶店はずいぶんと古ぼけていることに気付いた。木造の壁はメンテナンスをしていないのか、あちらこちらが朽ちかけて歪《ゆが》んでいる。店頭には食品サンプルの見本があるもののすっかり色あせていて、ショーウィンドウにも蜘蛛《くも》の巣《す》が張っていた。

「大丈夫かな……」

扉を開くと、ぎぎぃと軋《きし》んだような音を立てる。扉についているベルが、コロン……と溜息《ためいき》を吐くように鳴った。

店内は狭い。座席数も少なく、何もかもが日焼けして色褪《いろあ》せていた。いつのものだか分からないポスターも貼られている。

木々が窓の外を覆ってしまい、外界の光は届かない。頼りなげな照明が、辛うじて店内を照らしているくらいだ。

僕は、思わず息を呑んだ。

「いらっしゃいませ……」

「うひぃ！」

外に出ようかなと思った瞬間、中から声を掛けられる。見ると、奥からエプロンをした年配の女性が現れた。

「おひとり様でしょうか……？」

「は、はい……」

にこりと微笑まれるものの、その目はどこかどんよりと濁っていた。口角はぎこちなくつり上がり、歪んだ笑顔になっている。よく見れば美人なのだが、彼女の身に何か不幸があったがゆえに、その美しさが激しく損なわれてしまっているような印象があった。

店内を見回すが、他に従業員も客もいない。恐らく、この女性が喫茶店の店主なのだろう。

女性の声を聞いたためか、ポン助がこっそりと鞄《かばん》の中から顔を出す。しかし、すぐに顔を引っ込めてしまった。

「ご注文が決まりましたら、お伺いします……」

女性はそう言って、メニューとお冷やを置いて去って行く。お冷やが入ったグラスも、誰のだか分からない指紋がべったりと付いていた。

「何かあのおねーさん怖くね……？」

ポン助は、鞄の中から小声で言う。

「あの人だけじゃなくて、全体的にヤバい気がする。ここは早く注文して、早く出よう」

席に案内された以上、そのまま立ち去るのは良心が咎《とが》めた。幸い、メニューを見る限りではそれほど高い値段ではない。寧《むし》ろ、昔のまま変わっていないのではないかという安価であった。

僕は目についたオレンジジュースを頼み、戦々恐々としながらそれが来るのを待つ。

「お待たせしました」

持って来られたのは、意外と普通のオレンジジュースだった。グラスは丁寧に磨かれていて、指紋や謎の脂染みはついていない。添えられたストローの包装は若干古かったものの、中に入っていたストローは無事だった。

「どうだ?」と鞄の中のポン助が問う。

「ジュースはまともだった。ちゃんと飲めそう」

これを飲み干したら、さっさと支払いを済ませて店を去ろう。仮に土砂降りでも、この怪しげな喫茶店で雨宿りするよりはマシだ。

一気に二天門まで走る算段をしつつ、僕はオレンジジュースを啜《すす》る。少し歩いて疲れていたためか、ジュースの冷たさが身体の隅々まで行き渡って、実に心地が良かった。

「ん……。これは、意外と……」

美味《おい》しい。

そう言おうとした瞬間、周囲の景色がぐるりと回転する。頬に机の感触を覚え、僕が倒れたのだということに気付いた。

「あれ……どうして……」

グラスが転がり、オレンジジュースがこぼれる音がするような気がする。それを最後に、僕の意識は闇の中へと消えて行ったのであった。

すぐそばに、誰かが立っている気配がした。

いや、それは立っているというよりも、存在しているという方が相応《ふさわ》しかった。立っていると表現するにはあまりにも曖昧《あいまい》だった。

それは、じっとこちらを見つめている。

見つめていると言っても、目があって、そこで知覚しているのではないような気がした。僕を、概念的に捉《とら》えているようだった。

「……那由多」

僕の名前を呼ぶ声がする。そいつだろうか。

「那由多……！」

やめてくれ。近づかないでくれ。僕を認識しないでくれ。

「おい、那由多！　起きろ！」

「はっ！」

頬に強い衝撃を覚え、僕は思いっきり目を覚ました。

「ようやく起きたな。大丈夫か？」

「ポン助……」

傍らにいたのは、ポン助だった。僕は何故か、六畳ほどの座敷に寝かされていた。

ご丁寧にも、布団の中で。

「一体……何が」

「お前、いきなり眠っちまったんだよ。それで、ここに運ばれたんだ」

「いきなり眠った……？」

やけに重い上体を起こす。頭がガンガンと痛くて、割れてしまいそうだった。頬もヒリヒリとしているが、ポン助がぶったのだろう。

「あの女将《おかみ》さんがお前を運んだんだ。ここは、喫茶店の奥の部屋だぜ。んで、荷物はここじゃなくて、別の場所に置いてやんの。お前を探すの、大変だったんだぜ」

つまり、ポン助は自分が入っている鞄ごと何処かに移動させられ、女主人がいないところを見計らって僕を探してくれたということか。ポン助のそばには、僕の鞄が置いてあった。

「カメラは無事だぜ。お前の祖父《じい》ちゃんのも、お前自身のも」

「ありがとう……。でも、どうして――」

どうして眠ってしまったのだろう。何の前触れもなく、あんな風に眠り込んでしまうなんて。

「それは、薬を盛られたからです」

第三者の声に、僕とポン助は思わず身構える。

すると、六畳間の入り口である襖《ふすま》が開き、一人の少女が立っていた。

「き、君は……」

「……あの人の娘です」

黒目がちの、綺麗《きれい》な女の子だった。身に着けている衣服はところどころがほつれていて古びていたが、彼女の美しさの前ではみすぼらしさが霞《かす》んでいた。確かに、あの女主人の面影もあり、母娘《おやこ》だと言われれば納得が出来た。

その一方で、彼女の肌は病的なまでに白く、僕達の前で、二、三度咳《せ》き込む。

「ごめんなさい。身体が弱いもので。感染《うつ》るものじゃないのですけれど」

「い、いや、その、まずは座って」

僕が彼女を落ち着かせようとすると、彼女は首を横に振った。

「いいえ。時間がないのです」

彼女は僕の腕を摑《つか》み、布団から引きずり出そうとする。僕は彼女の細腕に無理をさせないよう、自分から慌てて飛び出した。

「母は、あなたを殺そうとしているのです」

「殺す……だって？」

僕は耳を疑う。ポン助も、小さな耳をピンと立てて、つぶらな瞳《ひとみ》を更に丸くしていた。

「はい……。うちは借金を抱えていて……喫茶店も大赤字で……」

少女は悲しそうに顔を歪《ゆが》める。

なるほど。僕の荷物を盗むために、鞄を別のところへやったのか。そして、そのために僕の飲み物に睡眠薬を入れたのだろう。殺すというのは、口封じというやつだろうか。

ぞっと背筋が凍る感覚がする。でも、それ以上に、この目の前の薄幸そうな少女が哀れでならなかった。

僕が慰めの言葉を送ろうとしていると、彼女は鞄を拾い上げ、ついでにポン助も抱きかかえ、両方とも僕にぐいっと押し付けた。

「逃げて下さい。早く！」

「でも、君は――」

「私が、身代わりになります。母の凶行は、そうして止めるしかないのです！」

少女は窓を開けると、信じられない力で僕の背中を押し、窓から僕達を閉め出した。

「ちょっと待って！　身代わりって……！」

「どういうことだよ、おい！」

僕もポン助も、窓を叩《たた》いて彼女を呼ぶ。

しかし、彼女は僕が寝かされていた布団に入り、掛け布団を頭から被《かぶ》る。これでは、中に誰がいるのか分からない。不幸なことに、もやしの僕と、女子にしては少しばかり背が高い彼女では、布団にもぐってしまうと体格差がさほどなかった。

「ポン助、正面から回ろう！」

窓は鍵《かぎ》を掛けられてしまった。他の入り口から入って、彼女を助けなくてはいけない。しかし、窓に張り付いていたポン助は、動かなかった。

いや、動けなかった。少女が潜んでいる部屋の中に、母親が入って来たからだ。

あの女主人は、右手に包丁を持っていた。僅《わず》かに入る外界の光を受け、包丁はギラリと鋭く光る。

「やめろ！」

僕は窓にかじりつき、力の限り窓を叩く。少しでも、こちらに注意を向けられればと願って。ポン助もまた、少年の姿へと転じ、僕と必死になって窓を叩いた。

しかし、女主人は見向きもしない。窓を叩く音が聞こえていないのだろうか。

やがて彼女は包丁を高々と掲げ、一気に振り下ろした。

「――っ！」

僕は声にならない声をあげる。包丁が突き刺さった布団からは、じわりと鮮血が滲《にじ》み出た。

女主人は、返り血が辺りに飛び散っていないのを確認してから、掛け布団をそっとめくる。哀れな犠牲者の顔を確認したその時、女主人は金切り声に近い悲鳴をあげた。

無理もない。それは、自分の娘だったのだから。

女主人は掛け布団を取っ払い、自分に血がつくのも構わず、我が子の亡骸《なきがら》を抱く。

窓の向こうからは、女主人のすすり泣く声が聞こえた。

「うそ……だろう……？」

僕は茫然自失《ぼうぜんじしつ》として、地面に膝《ひざ》をつく。

女の子を救えなかった。その子は、僕の身代わりになった。

無力感と罪悪感のあまり、全身から力が抜けていく。何もかもが手遅れになり、ただ、悲劇しか残っていない。

「お、おい……」

ポン助は震える声で、僕の服を引っ張る。気付けば、女主人は部屋からいなくなっていた。

ガチャリと扉が開く音がする。抜け殻のようになった女主人は、ふらふらと池の方へと歩いて行く。

「まずい……」

嫌な予感しかしない。僕とポン助は、走ってその後を追った。有りっ丈の声で「待って！　早まらないで！」と叫んだ。

しかし、女主人はこちらを見向きもせずに、池の中へと身を投じた。水飛沫《みずしぶき》は小さく、水音はあまりにも呆気《あっけ》なかった。

「なんだ……これ……」

僕はその場にくずおれる。ポン助も啞然《あぜん》として何も言えなかった。

悪夢だ。目の前で、こんなことが起こるなんて。そして、僕は何も出来ないなんて。

しかし、そう思った瞬間、景色が揺らぐ。まるで、吹き消されようとする炎のように、ゆらゆらと。

「えっ……？」

僕とポン助が目を瞬《しばた》かせていると、その景色はすーっと消えて行った。古い喫茶店は跡形もなく失《う》せて、後には、池だけが残っている。

池の近くには看板があり、池の名前が書かれていた。

その池の名前は、『姥《うば》ヶ池《いけ》』といった。


その後、僕達は一言も話さずにその場を離れた。行き先は、口にしなくても分かっている。華舞鬼町の雑貨屋だ。

『姥ヶ池』ねぇ……」

雑貨屋に到着するなり、先程の出来事を全て狭間堂さんに報告する。僕達の目の前では、狭間堂さんが腕を組んで考えごとをしていた。

卓の上には、最中《もなか》が並べられていた。僕が両国に行った時に買って来た、『隅田川もなか』だ。明治《めいじ》二年創業の老舗《しにせ》の和菓子店で購入したものだった。

ハナさんが淹《い》れてくれたお茶を啜《すす》るものの、未《いま》だに現実感が湧かない。今、狭間堂さんのところにいることも、実は幻を見ているだけなのではないかとすら思う。

「その反応を見る限りでは、那由多君とポン助君は、『浅茅《あさじ》ヶ原《はら》の鬼婆』の怪談を知らないんだね？」

「そんな怪談があるんですか？」

僕は目を丸くし、ポン助は小首を傾げる。

「そう。那由多君とポン助君が見たという『姥ヶ池』にはね、似たような怪談があるんだよ」

狭間堂さんは、昔話でも語るような口調で『浅茅ヶ原の鬼婆』の怪談を教えてくれる。

その昔、浅茅ヶ原と呼ばれる原野があった。その荒れ地には一軒だけ人家があり、旅人はそこで泊めてもらうことがしばしばあった。

人家はほとんどあばら家も同然で、老婆と美しい娘が住んでいた。

老婆は、旅人を泊めると見せかけて、寝床を襲っては殺し、金品を奪って池に捨てるという極悪非道な行いをしていた。

そんな調子で、老婆は千人目の犠牲者となる旅人を殺した。しかしそれは、旅人と入れ替わった娘であった。娘は老婆に自らの行いを悔いさせるために、旅人の身代わりとなったのだ。

そして、老婆は自ら池に身を投げ、そこが『姥ヶ池』と呼ばれるようになったのだという。

「そんな……話が……」

狭間堂さんから話を聞いた僕とポン助は、何度も目を瞬かせる。

それはまるで、僕達が見た喫茶店の母娘《おやこ》とそっくりではないか。

「千人目の旅人は、実は観音菩薩《かんのんぼさつ》様で、人道を説かれた老婆は仏門に入ったとか、その力で老婆が竜となって娘の亡骸とともに池に消えたとも言われてるけど、那由多君とポン助君が見たものは、身を投げる結末と一致するね」

そこまで言うと、狭間堂さんは難しい顔をして携帯端末を操作し始めた。

「それじゃあ、僕達が見たものは……」

「『姥ヶ池』の怪談そのものじゃないかな。現代風になっていたけれど、きっとそうだ」

携帯端末の画面を見て、狭間堂さんの目に確信が宿る。

「あの辺りで殺人事件があったというニュースは入っていないしね。今日も、そして過去も」

狭間堂さんは、暗に僕達が見たものは幻だと説明する。

「ただ、殺人事件を見たという人はいるんだ」

「えっ？」

僕とポン助と、心配そうに話を聞いていたハナさんの声が重なる。

「殺人事件が起きていないのに、殺人事件の目撃者がいる……？」

「そう。あまりにも不可思議な出来事だから、怪談としてネットに上がっているけれどね」

問いかける僕に、狭間堂さんは携帯端末を差し出す。ポン助やハナさんと一緒に、僕は画面を覗《のぞ》いた。どうやら、怪談投稿サイトらしい。

「本当だ……。姥ヶ池の喫茶店で殺人事件に巻き込まれた人の話が投稿されてる……」

姥ヶ池の近くを通りかかり、或《あ》る者は雨宿り、或る者は興味本位で喫茶店に立ち寄り、薬入りの飲料で眠らされ、美しい娘に助けられる。しかし、娘は自分を逃がして、身代わりになって殺されて、女主人が身投げをする。

同じ筋書きの怪談を体験している人が、何人もいた。

「……古い怪談がこうやって広がっているのに、既視感があってね」

「僕も……です」

虚路。その名前が、脳裏に浮かぶ。

ポン助もその存在を察したらしく、毛を逆立てて身震いをする。虚路の話を知っているハナさんも、不安そうな顔をした。

「今回も、あのひとが関わっているってことですか?」

「多分、ね。今のところ、それ以外には考えられない」

座敷に沈黙が降りる。それは、重く僕達の肩にのしかかった。

「……那由多君、頂くよ」

狭間堂さんは沈黙を振り払うかのように、『隅田川もなか』に手を伸ばす。「は、はい」と僕もつられて最中を手に取った。

「頭を悩ませると、お腹がすくからね。そういう時は、甘いものに限るよ」

狭間堂さんはそう言って、サクッと最中を齧《かじ》る。僕もポン助も、ハナさんも、揃《そろ》って最中を口にした。

「……美味《おい》しい」

家用に買ったものは一度食べたけれど、それとは少し違った味わいだった。上品な小豆の風味が、ふわりと優しく身体の中を駆け抜ける。まるで、心の中に生まれそうであったケガレを祓《はら》うように。

「小豆は魔除《まよ》けになるしね。その上、栄養もあるし、ちょっとつかれた時に効くよね」

「そう……ですね。少しだけ、身体が軽くなったような……」

「僕のお世話になったひとは、小豆が使われた甘味が大好きでね。羊羹を丸ごと一本食べるようなひとだったんだ」

「それは食べ過ぎでは⁉」

「まあ、全国を徒歩で旅するくらいのひとだしね」

今頃も、何処かを歩いているんだろうなぁ、と狭間堂さんは呟《つぶや》く。狭間堂さんの顔が広いことは知っていたけれど、なかなかに濃いひと達と知り合いのようだ。

一方、ポン助はすっかり一つ目を平らげ、「おかわり！」と二つ目の最中に手を伸ばす。ハナさんは、小さな口でちまちまと食べてはお茶を飲み、ホッと幸せそうに一息吐いていた。

最中のお陰で、だいぶ心が落ち着いた。

狭間堂さんは自分の分を食べ終えると、お茶をグッと飲み干す。

「ご馳走様《ちそうさま》。まあ、今回の件は、僕の方で調査をするよ」

狭間堂さんはそう言って、立ち上がった。

「場所は、浅草の姥ヶ池がある位置で良いんだよね？　僕が見に行ってくるよ。ただ、虚路と名乗った彼が、僕に怪談を見せてくれるかは分からないけど」

僕は、虚路が狭間堂さんを避けているような素振りを見せていたことを思い出す。それに、灯り無し蕎麦の時も、僕だけが境界に連れて行かれたのだった。

「それじゃあ、僕も行きます」

そう言って、僕も立ち上がる。

「いいのかい？　あまり、見たいものではないだろうに」

狭間堂さんは心配そうだ。確かに、それは一理ある。

あの怪談が繰り返されているのだとしたら、また母娘の悲劇を目の当たりにするだろう。薄幸そうな娘が殺されるところも、女主人が嘆くところも、出来ればもう二度と見たくはなかった。

「でも、僕がいないと意味がないかもしれませんし。だって、あそこに行った人がみんな見られるわけじゃないんでしょう？」

もし池に近づいただけで見られるのならば、今頃大騒ぎだ。そうでないということは、見られる人間は限られているのだろう。

「灯り無し蕎麦の時、ポン助は誘われなかった。でも、今回はポン助も一緒に怪談に引き込まれた。それって、僕と一緒にいたからだと思うんです。だから、僕はついて行きます」

「那由多君……」

「それに、特定の人が来る度に、あの母娘が悲劇に遭っているのならば……それを止めないと」

僕はぐっと拳《こぶし》を握る。

薄幸そうな少女の悲痛な表情が、女主人の嘆きが忘れられない。あれが幻とは思えないほどに、その二つは僕の目と耳にこびりつき、今も離れようとしなかった。

あれは、ずっと繰り返されているのだろうか。目撃者の数だけ、少女は殺され、女主人は嘆いているのだろうか。

虚路がどのような目的で、そのような怪談を見せるのかは分からない。だけど繰り返される悲劇の中に愁いがあるのは確かだ。

狭間堂さんは僕の目を見つめる。僕もまた、狭間堂さんの目を見つめ返す。

「……分かった」

それ以上、狭間堂さんは聞き返さなかった。

羽織を翻し、店の出口へと向かう。

「行ってらっしゃいまし！　お気を付けて！」

ハナさんの送り出してくれる声を背に、僕も狭間堂さんとともに行く。その後ろを、ポン助がちょこちょこと付いて来た。

「ポン助。君も来るの？」

「行くさ。おれだって男だ！」

「男だから行くわけじゃないんだけど……。でも、分かった」

僕は頷《うなず》く。狭間堂さんもこちらを一瞥《いちべつ》して、深く頷いた。

雑貨屋を出て、華舞鬼町の出口へと向かう。その途中で、僕は或ることを思い出した。

「そう言えば、円さんは？」

「彼は今、怪談の件を調査中でね。いや、取材中って言った方が良いのかな。虚路と名乗った彼のことを調べてるよ」

「じゃあ、いないんですか？」

僕は辺りを見回す。いつもならば、円さんは自分を構成する一部でこちらの様子を監視しているのに。

「……そうだね。今回の相手は、少しでも欠けていてはいけないみたいだ」

狭間堂さんは、真っ直《す》ぐ進みながらそう言った。それでは、一部を切り離して何処かに潜んでいるということもないのか。

円さんの監視がない。それは安心すべきことなのに、何故か心がざわついてしまう。

「円さん、大丈夫かな」

「……彼のことは信用しているけど、心配だね」

狭間堂さんはそう返す。僕の方からは背中しか見えないので表情は窺《うかが》えなかったけど、円さんを気遣う気持ちは痛いほどに伝わって来た。

僕とポン助は、顔を見合わせる。

「その、狭間堂さん……」

「何だい？」

「狭間堂さんにとって、円さんって何なんですか？」

僕は、遠慮がちに尋ねる。すると、狭間堂さんは迷うことなくこう答えた。

「友達だよ。大事な、ね。この名前よりも古い付き合いさ」

「『狭間堂』っていう名前より？」

「そう」

狭間堂さんは頷く。

日はすっかり短くなっていて、空は黄昏《たそがれ》に染まっていた。水路に沿って並んでいる街頭には、ぽつぽつと明かりが灯《とも》っていて、街を幻想的に照らし、道往くアヤカシ達の影を怪しく浮かび上がらせていた。

僕達の影もまた、街灯によって長く引き伸ばされ、幾重にも分かれている。自身の異形の影を見ていると、僕もアヤカシの仲間入りしたような気分になった。

「狭間堂さんにとって、その、円さんって……特別な友達ですか？」

華舞鬼町の出口である街灯が見える。それに向かって歩いていた狭間堂さんは、少しばかり歩みを緩やかにして、こう答えた。

「特別というのが何を指すのか難しい話だけど——」

出口のシンボルであるガス灯の間を通る瞬間、狭間堂さんはちらりとこちらに顔を向ける。ほんの一瞬だったけれど、少しだけ困ったような微笑を湛《たた》えていた。

「少なくとも僕は、彼にしか抱かない感情があるよ」

そんな言葉を残して、狭間堂さんは浮世へと渡る。僕とポン助もまた、そんな狭間堂さんを見つめながら浮世へと渡った。

浮世に辿《たど》り着いた僕達を迎えたのは、正にあの姥ヶ池だった。

公園があり、立て看板があり、奥に池がある。木々が生い茂った池は、夕暮れの中で一層不気味に見えた。

「この池もね、昔は大きかったんだよ。ずいぶんと埋め立てられてしまったらしいけどね」

狭間堂さんは、隣接した遊具のある公園と、周囲の住宅街を眺める。僕が池に歩み寄ろうとすると、狭間堂さんは手にした扇子で僕を制止した。

「那由多君は、どうしたい？」

「……あの母娘《おやこ》の、悲劇を止めたいんです」

僕と同じような目に遭っている人がいるということで、現代版の『浅茅ヶ原の鬼婆』を体験するという恐ろしい怪談を終わりにしなくてはいけないという想いもあった。

でも、それ以上に、怪談によって再現される母娘の悲劇を、繰り返したくはなかった。

彼女らは、いつから悲劇を繰り返しているのだろう。

鬼婆こと女主人がやったことは、許されることではない。しかし、彼女は充分に報いを受けているのだし、その悲劇が未来永劫《みらいえいごう》続くのではあんまりではないか。

僕の目を見て、狭間堂さんは「そうだね」と頷く。

「愁いをここで断ち切らなくちゃ。そのためには、因果が巡るのを邪魔しないといけない」

「ど、どうするんですか？」

「単純なことさ。母親に、娘さんを殺させなければいい」

狭間堂さんは、確信に満ちた顔でそう言った。

「人の命が奪われれば、それだけ後戻りが出来なくなる。命は、どう頑張っても取り戻すことは出来ないからね。でも、それさえ食い止められれば、やり直すことが出来る」

あの母娘の場合、母親は多くの命を奪っていた。しかし、唯一の良心の化身とも言える娘さえ殺さなければ、もっと別の結末があったのではないだろうか。身を投げて、更なる命を落とさなくても良いのではないだろうか。

「それじゃあ、あの美人なねーちゃんを連れ出せばいいんだな」

ポン助は、短い前脚をポンと叩《たた》く。

「僕もそうしようと思ったけど、無理だったからなぁ……」

彼女の決意は堅かった。いくら狭間堂さんがいるとは言え、強引に連れ去るのは得策ではない気がする。

「あの母親を止められれば良かったんだけど」

僕がぼやくものの、今度はポン助が難色を示す番だった。

「そうしようとしたけど、無理だったじゃねぇか。おれ達の声、聞こえてなかったみたいだし」

そうだった。そして、駆け付ける前に娘が殺されてしまった。それに、娘が殺される前に駆けつけることが出来たとしても、娘すら連れ出せなかった僕達にあの母親を止められるとは思えない。

僕達の話を聞くと、狭間堂さんは扇子に顎《あご》を載せて考える。そして、しばらくしてから「よし」と頷いた。

「怪談の筋書きが決まっているから、なかなか外部の干渉を寄せ付けないのかもしれないね。だから、本人達に気付かせるしかない」

「気付かせるって、どうやって……？」

僕とポン助は、揃《そろ》って疑問を浮かべる。そんな僕達に、狭間堂さんはこう言った。

「那由多君。君のお祖父《じい》さんのカメラは、真実を写すだろう？」

「あっ……」

僕とポン助の声が重なる。狭間堂さんは、確信に満ちた顔でにっこりと微笑んだのであった。


姥ヶ池に近づくと、あの喫茶店は相変わらずの佇《たたず》まいで存在していた。惨劇が起こったとは思えない静けさに、僕とポン助は思わず息を呑《の》む。

「なるほど。だいぶ歪《ゆが》んでいるみたいだ」

狭間堂さんは喫茶店の周辺を眺めながら呟《つぶや》く。

「歪み？」

「本来、境界にあるべきものが浮世にある。丁度ここに、概念に依存する巨大なアヤカシがいるような感じだね」

「でも、これはアヤカシじゃないんですよね……？」

僕は古ぼけた喫茶店を見つめる。「勿論《もちろん》」と狭間堂さんは答えた。

「そのくらい大きな歪みがあるということだよ。これが、古い怪談のなせる業なのか。

それとも——」

虚路の力が、それだけ強いのか。

狭間堂さんが濁した言葉には、そんな意味合いが含まれているかのようだった。

「とにかく、入ってみようぜ……」

ポン助はあの時と同じように鞄《かばん》の中へと入り、恐る恐る僕を促す。狭間堂さんも、こくりと頷《うなず》いた。

僕は、扉を軋《きし》ませながら喫茶店の中に入り込む。陰に籠《こも》ったドアベルが鳴り、客の来訪を女主人に知らせた。

僕の背後には、狭間堂さんが続く。

「ふむ。多少、昭和の香りは残しているものの、本当に現代に適応して——」

その瞬間、扉が叩き付けられるように閉められ、ドアベルの猛《たけ》り狂ったような音がした。

「狭間堂さん！」

背後に狭間堂さんの姿はない。閉め出されてしまったのか。

「……いらっしゃいませ」

女主人が、店の奥からやって来る。鞄の中からは、「ひぃ」というポン助の悲鳴が聞こえた。

僕は女主人の方を振り返る。

するとどういうことだろう。やや年配だと思っていた彼女は、白髪の老婆になっているではないか。

「おひとり様ですか？」

老婆は、ついさっき出会った時と同じような質問をする。

別人だろうかと思ったが、確かにあの女主人の面影がある。ポン助も、鞄の中からそっと顔を出し、「同じにおいだ……」と震える声で呟いた。

僕は、促されるままに席へと着く。女主人は、一体どうしていきなり老けてしまったのか。そして、僕のことは覚えていないのだろうか。

「……僕らが元になった怪談を知ったから、それに似た姿になったのかな」

「それか、厚化粧だっただけかもしれねぇ。怪談が繰り返されてるから、おれ達のことは覚えてねぇのかな……」

僕とポン助は顔を見合わせる。では、あの少女もそうなのだろうか。母を何としてでも諫《いさ》めようと、何度も決死の決意をして、何度も母親に殺されているのか。

狭間堂さんがいなくても、何とかしなくては。

僕はそう決意すると、女主人にオレンジジュースを頼む。するとやはり、あの時と同じように、やけに綺麗《きれい》に磨かれているグラスに注がれたオレンジジュースを持って来られた。

「ポン助、こっちに」

僕はインスタントカメラを肌身離さないようにしっかりと下げ、女主人に見つからないように、ポン助を服の中へと隠す。隠し通せるか不安だったが、ポン助が服の中で、老婆の死角になる場所へと移動してくれたので、バレることはなかった。

そして、ジュースを飲むふりをして、意識を失う素振りを見せてみた。

「よしよし……。これで今月も生き延びれる……」

老婆の呟きが耳をくすぐる。口の中から、ねちゃねちゃという粘着質な音が聞こえて、不快のあまり身震いしそうになった。

やがて、老婆は尋常でない力で僕の身体を担ぐ。ポン助が服の中からずり落ちそうになったけれど、しっかりと僕のお腹にしがみついてくれていた。

いくら僕がもやしとは言え、老婆にやすやすと担がれるとは。彼女は最早《もはや》、人間ではなくなっているのかもしれない。

僕は、あらかじめ敷かれた布団の上に寝っ転がされた。そのまま、頭まで布団を被《かぶ》せられるが、これは当然、看病のためのものではない。相手を殺した時に、血が、そこら中に飛び散らないためのものだった。

老婆が部屋を出て、その足音が去って行くのを確認すると、僕は布団を跳ねのける。

あとは、あの女主人を目覚めさせる真実を撮らなくては。

「さて、どうするよ」

ポン助がお腹の中から這《は》い出して来る。祖父のインスタントカメラを手に、僕はどうしたものかと思案した。

すると、襖《ふすま》がそっと開けられる。そこにいたのは、女主人の娘だった。

「君、さっきの……」

「母は、あなたを殺そうとしています。早く、逃げてください」

彼女もまた、先ほどの台詞《せりふ》を繰り返し言うだけだった。まるで、初対面の相手に言い聞かせるように。

「君も逃げなきゃ！　母親に殺されて——いいや、それどころか、君を殺した母親が後を追うように死んでしまうんだよ！」

僕は思わず、彼女の腕を摑《つか》んで逃げようとする。しかし、どんなに頑張っても彼女は動かず、首を横に振るだけだった。

「母の行いを悔いさせるには、これしかないの！」

少女はそう言ったかと思うと、窓を開けて僕達を押し出す。か細い身体からは考えられないほどの力だが、彼女の決意がそうさせているのだろうか。

僕達は再び外に押し出されてしまう。このままでは、同じように彼女が殺され、母親もまた自害をしてしまう。

座敷の窓が閉ざされようとしたその時、何かがひゅっと風を切った。

「あっ……！」

閉めようとした窓に、閉じた扇子が挟まる。その扇子こそ——。

「狭間堂さん！」

「ようやく干渉出来たね。窓を開けるか扉を開けた時が好機だと思っていたけれど」

扇子を飛ばしたのは、狭間堂さんだった。僕は思わず、駆け寄りそうになる。

「どうやら、僕は怪談に好かれていないようでね。普通の方法では入れなかったのさ」

恐らく、入り口が閉ざされた後も、何とかして侵入しようとしたのだろう。しかし、この喫茶店が狭間堂さんを拒んだということか。

「あっ、いけねぇ！」

ポン助が部屋の中を指さす。

少女は窓が閉まらないことを気にせずに、僕が入っていた布団へと潜って姿を隠した。それからほどなくして、女主人の足音が近づいて来る。

「何としてでも止めないと……！」

狭間堂さんが強引に窓をこじ開けたのと、女主人が部屋にやって来たのは、同時だった。

「ひいいっ」

ポン助が悲鳴を上げて縮み上がる。

女主人の形相は、まさしく鬼だった。白髪を振り乱し、歯が何本か欠けてもなお健在な犬歯を剥《む》き出しにして、今にも零《こぼ》れそうな双眸《そうぼう》をぎょろぎょろとさせている。その手には、ギラリと光る包丁を持っていた。

「那由多君！」

「はい！」

狭間堂さんが駆け出す。僕はインスタントカメラを構えた。

ポン助も少年姿で布団に駆け寄るものの、内側から強い力で押さえられているようで、まくり上げることが出来ない。

鬼婆は、僕らに構うことなく凶刃を振り下ろそうとするが、狭間堂さんの扇子がそれを阻止した。

ガキィンと金属質な音がする。狭間堂さんの扇子が一体何で出来ているのか気になったものの、今は、気を取られている場合ではない。

僕は布団を——布団の中にいる身代わりになった薄幸の少女を、祖父のカメラで収める。写真が吐き出されるが、現像をしている時間が惜しい。

狭間堂さんは何とか鬼婆の刃を跳ね返し、鬼婆はたたらを踏む。しかし、その双眸の殺気に衰えはない。

盗みを働くために殺人をするのではなく、まるで、殺人をしなくてはいけないという妄執に取り憑《つ》かれているかのようだった。

「待ってください！」

鬼婆が再び包丁を構える中、僕はその前に立ちはだかる。

「この布団の中にいるのは、あなたの娘さんなんです！　あなたの行いを止めようとして、身代わりになって殺されようとしているんです！」

現像されたばかりの写真を、鬼婆の前に掲げる。そこには、覚悟を決めて布団へと入る、健気《けなげ》な少女の姿があった。

「……あ」

鬼婆の手から、包丁が落ちる。狭間堂さんと僕を突き飛ばし、ポン助ごと布団を剥《は》がす。すると、小さく縮こまりながら、祈るように手を合わせている少女の姿があった。

「おかあ……さん……？」

いきなり布団が剥がされ、少女は驚いたように母親を見つめる。鬼婆は、そんな彼女の前にがっくりとくずおれた。

「あんたは……こんな……」

見開かれた鬼婆の瞳《ひとみ》から、一筋の雫《しずく》が落ちる。

「こんな……無茶をして……」

震える手で少女の肩を摑んだかと思うと、そのか細い身体をしっかりと抱く。彼女の双眸からとめどなく溢《あふ》れる雫は、色褪《いろあ》せた畳を静かに濡《ぬ》らした。

「ごめんなさい……あなたに、こんなことをさせるなんて……」

「お母さん……」

「ごめんなさい……」

女主人は、項垂《うなだ》れるように、いいや、許しを請うように首《こうべ》を垂れる。その姿を、不意に窓から射した光が包み込んだ。

床に落ちていた包丁は、砂の城が風に攫《さら》われるように、少しずつ消えて行く。何人の血を吸ったかも分からない布団も、泣いて自らの行いを悔いる母親も、その背中をあやすように叩《たた》く娘も、等しく光の中で淡くなっていく。

「……ありがとう」

僕達の方を見て、少女は確かにそう言った。

それを聞き届けた瞬間、全ては光の中に消えて、僕達の視界は白く染まっていく。

ぱりん、と何かが呆気《あっけ》なく割れる音がした。しかし、それが何なのかは分からない。

夢か現実かあやふやな感覚に包まれていた僕は、気付いた時には、夜の姥ヶ池の前に立っていた。

「ど、どうなったんだ……？」

ポン助は、いつの間にかカワウソの姿に戻っていた。きょろきょろと見回すが、あの古ぼけた喫茶店は見当たらない。

ほとんどが埋め立てられ、ご丁寧にも解説付きの看板が設置されている姥ヶ池があるだけだった。

「……一件落着、かな。一先《ひとま》ず、この件はね」

狭間堂さんはそう言って、姥ヶ池の近くにある木の陰へと手を伸ばす。狭間堂さんが取り出したのは、ランプであった。

「それは……」

手提げのレトロなランプ。それは、虚路が持っていたものだった。

ランプの硝子《ガラス》窓は割れていた。内側から弾《はじ》けたかのように、見事なまでに木っ端みじんだった。

そのランプも、ぼっと音を立てて炎をあげる。狭間堂さんが手を離すと、青い炎がなめるようにランプを燃やし、やがて、跡形もなく消えて行った。

「彼が関わっていると見て、間違いではないようだね」

狭間堂さんは虚空をねめつける。僕達が奮闘するさまも、虚路は何処かで見ていたのだろうか。

「でも、とにかく、彼の不思議な術を一つ破れたのは良かった。これでもう、ここで怖い想いをする人も、悲しい想いをする人も、いなくなるからね」

狭間堂さんは、僕の肩をポンと叩く。「よくやったな！」とポン助も僕の腿《もも》の辺りをぺちぺちと叩いた。

「……そう、ですね」

僕は、あの怪談の中で唯一残ったものを見つめる。それは、あの健気な少女を撮った写真だ。

写真の中の少女は、今は、母と一緒にいた。彼女らは、座敷ではなく喫茶店の中にいた。

内装はやはり古びているものの、手入れがよく行き届いている、明るい店内がそこにあった。柔らかな日差しが射し込み、窓の外には新緑が窺《うかが》えた。そんな中で、彼女達は仲睦《なかむつ》まじく働いていた。

繰り返される悲劇の中から解放された彼女達は、何処か安らかな顔をしていたのであった。

第三話　那由多と亡者の記憶

真っ暗な路《みち》を、ただひたすら走っていた。

固く冷たい塀がせめぎ合い、もやしの僕ですらやっと通れるかというほどの路には、果ても分かれ道も無かった。

背後から、ひたひたと追いかけて来るものがある。

振り返っても黒々とした闇が広がっているだけで、一体何がやって来るのか見通すことが出来なかった。

いや。一つだけ、闇の中に灯《とも》る光があった。

大きさは丁度、手持ちのランプのようだった。それは、鬼火のような青白い炎を宿しながら、ゆらゆらと妖《あや》しく揺らめく。

僕は直感的に悟る。

その光は、僕を闇から救済してくれる類《たぐい》のものではない。寧《むし》ろ、闇に深く誘うものだと。

逃げなくては。

本能的にそう思い、一層速く走ろうと足を前へ前へと出す。しかし、日ごろの運動不足のせいか、僕の足はもつれてしまい、身体が堅い地面に投げ出された。

怪しい光が迫る。しかし、その光の主の姿は見えない。

じっとりとした陰鬱《いんうつ》な闇が僕の足を、身体を、腕を這《は》い、ついには――。


「うわぁあ！」

僕は自分の叫び声で目を覚ます。

目に入ったのは、見慣れた天井であった。

「夢……か」

それにしては、生々しかった。冷ややかな地面の感触も、闇に呑《の》み込まれるような感覚も、じっとりと汗で湿った身体に深く刻まれている。

どうして、怖い夢を見たのだろう。怪談動画も、あれから一切見ていないというのに。今も尚《なお》、ネット上に怪談が拡がっているのかと気になるものの、検索を一切せずにいたというのに。

コチ、コチと時計の秒針の音がする。机の上の置時計は、深夜二時を指していた。

「嫌な時間に目覚めたな……」

丁度、魑魅魍魎《ちみもうりょう》が跋扈《ばっこ》する時間だ。

カーテンを引いた窓がガタガタッと揺れ、僕はびくりと身体を震わせる。

風だ。風に違いない。そう自分に言い聞かせつつ、布団へと潜った。物音がしても気付けないよう、掛け布団をすっぽりと被《かぶ》って。

華舞鬼町は、今頃賑《にぎ》わっているのだろうか。

あのレトロなガス灯が街を静かに照らし、十二階が見守る中、アヤカシ達が歩き回っているのだろうか。

そしてその中には、狭間堂さんやハナさん、ポン助もいるのだろうか。

そう思うと、少しだけ気持ちが和らいだ。家の中の家族も、巣鴨の住民達も、きっと今は寝ている。でも、境界の向こうでは起きているひとが沢山いるのだから。

「アヤカシの存在で心が安らぐなんて、不思議だな……」

もっとも、厳密に言うと、狭間堂さんは違うのだろうけど。

境界の向こうにいる親しいひと達の存在を胸に、僕はいつの間にか、安らかな眠りについていたのであった。

翌日、大学の授業を終えるなり、華舞鬼町へと赴く。

相変わらず、のっぺらぼうがせわしなく人力車を引いていたり、河童《かっぱ》が水路で水浴びをしていたりする。

そんな中、僕の目の前を鳴釜《なりかま》が通り過ぎた。

「鳴釜……！」

「アッ、那由多」

頭に釜を被ったような姿をした鳴釜は、釜がまとう火をチョロチョロと燃やしながら、立ち止まる。

「久しぶりだね。仕事の途中？」

「ウン。注文、取ッタ。コレから、おにぎり作ル」

鳴釜はキュッと拳《こぶし》を握る。心なしか、釜の炎も強くなった気がする。

「那由多モ、食ベル？」

「あ、そうだね。せっかくだし、お願いしようかな。狭間堂さんのところにも配達に行くの？」

「ウン」

「それじゃあ、丁度いいや。高菜のおにぎりを一つお願い」

「分カッタ」

鳴釜は台帳を取り出したかと思うと、筆でサラサラと注文を書く。

アヤカシとのやりとりも、すっかり慣れてしまった。最初は人見知りもしたし、怖がりもしたものの、彼らも人間と同じように心があって、人間よりも純粋なところがあると分かったからだ。

まあ、一部は未《いま》だに恐ろしいし、この先も慣れるような気はしないけれど。

あの猥雑《わいざつ》とした路地裏のことを思い出す。あそこでは、今日もはみ出し者のアヤカシ達が蠢《うごめ》いているのだろうか。そして、円さんもまた、あそこに出入りをしているのだろうか。

「那由多？」

鳴釜に呼ばれて、ハッとする。

鳴釜はこちらを覗《のぞ》き込んでいた。顔こそないものの、頭にまとう炎は、心配そうに揺らめいていた。

「ごめん、ごめん。ちょっと考えごとをしてて」

「ソウ？　元気が無いナラ、大きいノ作ル」

鳴釜は、ひょろりとした腕でマッスルポーズをしてみせる。

「はは……。気持ちだけで充分だよ。ありがとう」

僕は少食だし、普通の大きさのおにぎりでも充分大きい。

鳴釜はしばらくの間、炎をチョロチョロとさせていたものの、やがて、納得したように頷《うなず》いた。

「ソレじゃ、マタ」

「うん。またね」

鳴釜は自分のお店の方へ、僕は雑貨屋へと向かう。

華舞鬼町は今日も平和だ。もしかしたら、表の通りは浮世よりも平穏なんじゃないだろうか。

そう思って大通りを歩いていると、ふと、通りに沿って並ぶ建物の間が、目についた。

街灯の暖かな光に包まれる中、そこだけ、ぽっかりと闇に染まっている。不自然なことではないのだけれど、僕はやけに気になった。

その闇が、華舞鬼町の中で異質な存在のような気がして。

「久遠寺那由多」

いきなり名前を呼ばれ、「ひっ」と声を引きつらせる。

闇ばかりが広がっていると思った空間に、ぽっと明かりが灯った。

その光は、華舞鬼町の街灯のように夜を照らすものではない。夜を広げるものだと、直感的に悟った。

「虚路《やつがれ》……」

「僕のことを覚えていてくれたのだね」

ぬっと闇の中から、あの学生帽とマントの人物が現れる。その手には、アンティークのランプを携えていた。ランプの光は、相変わらず、鬼火のように揺れている。

人やアヤカシらしい気配も、物音もない。姿はそこに見えているのに、存在が曖昧《あいまい》なように思えた。

「どうして、ここに……」

僕の声はすっかり震えていた。声だけではない、足や腕も小刻みに震えている。

「ここは居心地がいい。あぶれものが多く、不安定な場所だからね」

あの薄暗い路地裏に住まうもの達のことを思い出す。しかし、僕だって浮世のあぶれ者だ。或《あ》る場所に居辛《いづら》いもの達が、狭間堂さんが作る世界に受け入れて貰《もら》いたくてやって来るのだ。

「何を……するつもりなんだ」

僕は鞄越《かばん》しに、祖父のカメラに触れる。この不思議なカメラで撃退出来るだろうか。円さんのカメラに映らなかった相手に、何処までこのカメラが作用するだろうか。

そう思っていると、虚路は意外なことを口にした。

「目的なんてないさ」

「えっ……？」

あまりにもあっけらかんとしていて、僕は虚をつかれてしまう。

虚路は、能面を被ったような無機質な笑顔で、朗々と答えた。

「例えば、嵐はどうだろう。嵐は目的があって家々を壊すのかい？」

「い、いや。嵐に、意思なんて無いし……」

「そう、嵐は現象の一つだ」

虚路は僕の言葉を肯定する。現象、という言葉を聞いて狭間堂さんが虚路を現象に近いと言ったことを思い出した。

「僕《やつがれ》は現象そのものと言えよう。嵐よりも曖昧なものでね。僕《やつがれ》が己を名で縛って定義づけたのは、単純に君達とコミュニケーションが図り易いと思ってのことさ」

「それはつまり、意思があるってことなんじゃあ……」

「知性は認めよう。しかし、僕《やつがれ》には心というものがない。便宜を図ったのも、君達が望んでいたからさ。僕《やつがれ》はそれを、鏡のように映し取っただけなのだよ」

知性はあるが心はない。僕達が望んでいたから、自分で自分に名前を付けた。

僕には、すんなりと理解出来ない話だった。狭間堂さんや円さんならば、虚路が言わんとしていることが分かるのだろうか。

そんな僕に分かること。そして、聞きたいことと言えば――。

「どうして、不安定な場所が心地いいんだ……」

「ケガレが溜《た》まり易いからさ」

虚路は何のためらいもなく答えた。

「ケガレが溜まり易い不安定な場所は、僕《やつがれ》もまた留《とど》まり易い。嵐も、条件次第では一か所に留まることがあるだろう？　それと同じだよ。居心地はいいが、僕《やつがれ》にどうしたいという理由があるわけではない」

「でも、君は……」

術を使って、怪談が作り出す異界を生み出し、人々を惑わせた。浮世でそうしたように、華舞鬼町も混乱に陥れる気だろうか。

僕の心を読んだかのように、虚路はにんまりと笑う。唇が、耳まで裂けんばかりに。

「僕《やつがれ》はケガレを増幅させ、混沌《こんとん》を生み出す。そう、嵐が家々を破壊するようにね。そういう性質のものなのだよ、久遠寺那由多」

この上なく悪意に満ち、ねばりつくような笑み。それを見た僕の全身が、一瞬にして総毛立った。

果たして、本当に心がないのか。彼は、他者を害しようと思って害しているのではないだろうか。

気付いた時には、彼の姿は消えていた。僕の網膜に光の残像だけを残して、跡形もなく。

「……なんて、ことだ」

どっと全身から汗が噴き出る。くずおれた僕は、しばらくその場から動けなかったのであった。

やっとの思いで、雑貨屋の扉を開く。ここまでたどり着くのに、何時間もかかったのではないだろうかと思うほどだ。倒れ込みそうになるのを、引き戸の枠を摑《つか》んで何とか堪《こら》える。

「いらっしゃいまし、那由多さん！」

ハナさんが、清涼剤のような笑顔で僕を迎えてくれる。僕の中に宿った不安という名のケガレは、それで幾分か吹き飛ばされた。

「どうしたんだい。顔色が悪いようだけど」

カウンターの向こうにいた狭間堂さんが、こちらへと歩み寄る。ふらふらした足取りの僕を支えると、閉じた扇子で軽く肩を払ってくれた。

「た、助かりました……」

ふわりと白檀《びゃくだん》の香りがしたかと思うと、僕の身体は軽くなった。

「……話は、奥で聞こうか」

「はい……」

狭間堂さんは、何かを察したらしい。僕も報告しなくてはいけないと思っていたので、有り難かった。

僕達は、奥にある座敷へと向かう。ハナさんがお茶を淹《い》れてくれる中、僕はぽつりぽつりと話す。

「成程。またあの、『虚路』と呼ばれる存在が現れたわけだね。それも、華舞鬼町に」

「そう……なんです」

僕が頷くと、狭間堂さんは難しい顔をして唸《うな》る。僕は、狭間堂さんに違和感を覚えていた。

「狭間堂さん。やっぱり虚路は、特殊なんですか？」

どんなアヤカシに対してでも、狭間堂さんは人格と人権をきちんと認めているようだった。しかし、虚路に関しては、そうでないような物言いではないか。

狭間堂さんは、逡巡《しゅんじゅん》する素振りを見せてから、「そうだね」と気が進まなそうに答えた。

「彼はアヤカシと定義するには、あまりにも漠然としている。前も言ったように、かなり現象に近い存在なんだと思う」

「現象……。本人も言ってましたね」

「嵐は、時に神としても擬人化される。そういうものに近いのかもしれない」

「神……ですか」

僕は思わず息を呑《の》んだ。

「まあ、災厄の擬人化のようなアヤカシや、神と定義してもいいようなアヤカシは他にもいるけどね。現象から生まれる存在は稀《まれ》ではないんだよ」

狭間堂さんの隣で、ハナさんもうんうんと頷《うなず》いている。

「でも、浮世の方々に認知されなければ、曖昧で脆《もろ》い存在ですの。その虚路という方は、そういう存在なのかもしれませんわ」

「脆さは……あまり感じませんでしたけど……」

しかし、曖昧《あいまい》さはあった。

「一定の現象が、神やアヤカシになる過程なのかもしれないね。ただ、生まれたばかりの存在というわけではなさそうだから、元々、古くから存在していて、今になってより大きくなったものなのかもしれない」

「今になって……より、大きくなった……」

「積もりに積もった——と言った方が正しいのかもしれないけれど」

狭間堂さんは眉間《みけん》にしわを刻む。既に、虚路の正体は察しがついているようだ。

「虚路は、何者なんですか？」

「恐らく、ケガレや恐れ、不安定な感情からなる災厄の類《たぐい》じゃないかな」

「ケガレや不安定な感情……」

虚路は、そういったものを好むと言っていた。それは、そういうものを糧にしているからということか。

「それが、怪談を操るんですか……？」

「何も無いところに怪談は生まれないからね。必ず、不安がある怪しい場所が舞台になるじゃないか」

「あ、成程……」

今まで出会った怪談は、終電帰りであったり、悲しい伝説が残っている寂れた池であったり、どこかしらに不安が付きまとっていた。

「今は、元々存在してた怪談を利用している。でも、この先は――」

狭間堂さんが皆まで言わなくても分かった。虚路はいずれ、怪談のないところから、怪談を生み出すかもしれないということか。

「華舞鬼町を気に入ったのだとしたら、浮世にはそれほど手を出さないとは思うけれど……」

狭間堂さんは更に難しい顔をする。路地裏の怪しげなアヤカシ達をも受け入れる、狭間堂さんが。

「何か、問題があるんですか？」

「彼は……ケガレそのものと言っても過言じゃない。ケガレを、苦手とするアヤカシも多いからね」

「あっ……」

ポン助もケガレを恐れていたことを思い出す。虚路は、アヤカシの街でも受け入れることが出来ないということか。

「……難しいな」

狭間堂さんは、ぽつりと呟《つぶや》く。ハナさんも、神妙な面持ちで頷いた。

きっと、狭間堂さんの中では葛藤《かっとう》しているのだろう。虚路を受け入れるか否か、受け入れるのならば、どうすればいいのか。

でも、どうして狭間堂さんは、そんなに皆の居場所になろうとしているのだろうか。いくら狭間堂さんが優しくて、大らかな人だとしても、そこには大きな理由があるはずだ。

「那由多君、せっかく来てくれたのに、ごめんね」

狭間堂さんは、そう言って立ち上がる。

「頭を冷やしてくるよ」

「えっ？」

狭間堂さんはお茶を飲み干し、ハナさんに「ご馳走様《ちそうさま》」と言って出口へと向かう。

「何処に行くんですか？」

「隣町に。以前、お世話になったひと達がいてね。ちょっとだけ、助言を貰《もら》えないかと思って」

狭間堂さんはそう苦笑して、肩をすくめてみせた。その背中からは、僕が追いすがれないような何かを感じた。

狭間堂さんが立ち去り、雑貨屋の扉が閉ざされる。店内には、僕とハナさんのふたりだけになった。

「隣町……かぁ」

僕は、ハナさんが淹れてくれたお茶をようやく啜《すす》る。少しだけ濃いめに淹れてくれた緑茶は、まだ、ぬくもりが残っていた。

「狭間堂さんが頼れるひと達って、どんなひと達なんだろう」

「ハナよりも、ずっと古いアヤカシがおりますの。それこそ、神様と呼ばれるほどのお力を持った方が。お若い方もおりますけれど……。いずれも、とても頼りになる方達ですわ」

ハナさんは誇らしげに胸を張る。

「僕にとっては、狭間堂さんが充分頼りになるのに。どんなひと達か、想像出来ないや」

僕は、思わず苦笑した。

「それじゃあ、そのひと達に相談すれば、何とかなりそうですね」

「うーん。それはどうでしょう……」

意外にも、ハナさんは腕を組んで唸った。

「えっ、そのひと達でも難しそうな問題……ですかね」

「今回の件は、そんなに単純ではなさそうですわよ」

ハナさんもまた、自分で淹《い》れたお茶をずずっと啜る。

「単純ではないって……」

「アヤカシや神様のような常世のものが干渉出来るような問題でも、無いような気がするのです……」

ハナさんは、そっと目を伏せる。

「浮世の問題ってことですかね……」

「浮世だけというよりも、境界の問題のような気がしますわ。浮世に近い常世のものと、常世に近い浮世のものの――」

僕の脳裏に、狭間堂さんの他に円さんの姿が浮かぶ。虚路は、僕と円さんに興味を示しているようだった。

「円さんも、境界の存在なのかな……」

僕は思わず呟く。ハナさんは、少しだけ間を置いてから頷いた。

「そうですわね。元々は生きた人間ですし、浮世に未練も御座いますし。お気持ちの上では、境界の存在とも言えるかもしれませんわね」

ハナさんは心配そうだ。

「円さん、最近は雑貨屋に来たんですか？」

「来ましたわよ、つい、昨日」

「正面から？」

「ええ、正面から」

僕は以前、円さんが二階から狭間堂さんの住まいに侵入しているのを見てしまった。そんなことも出来るのに、正規の客として来るということは、何か重要な用事でもあったのだろうか。

「調査の進展があったのかな」

「そうですわね。虚路さんという方のことについて、色々と調べていたみたいですわ。それを、狭間堂さんに報告されていたようです。やはり、ここのところ、浮世で怪談が増えているようで……」

ハナさんは不安げな顔になる。いずれも、特定のアヤカシによるものではなく、虚路が関わっているものらしい。僕がネットをチェックしていない間も、円さんと狭間堂さんは調査を進めていたのか。

僕が逃げている時も、ふたりは虚路に立ち向かっていたということか。

僕は、自分の鞄《かばん》をぎゅっと抱きしめる。その中には、祖父のカメラと自分のカメラが入っている。

「おふたりは、危険なことに慣れておりますから」

ハナさんは、僕をフォローするようにそう付け加える。

「虚路さんがケガレを――不安や迷いなどを糧にしているというのならば、不安があると好かれてしまいますからね。那由多さんは、不安を抱かずに生きるのが一番なのです」

ハナさんは人差し指をピンと立てると、祖母のように僕に言い聞かせる。

「でもそれって、無責任じゃないのかなって思うんです。僕だけ、不安なくのうのうと生活するなんて……」

「いいえ」とハナさんはきっぱりと否定してくれた。

「ひとには適材適所というものが御座います。ハナは、人を載せて軌道を走るのが得意ですが、石炭を載せて線路を走ることは出来ませんし、水の上を走ることも、空を飛ぶことも出来ません。ご自分に合ったことを、全力でやればいいのです」

路面電車のアヤカシであるハナさんは、乗り物目線でそう言った。

「だけど、僕の不安を抱かずに生きるのって、何もしてないのと同じなんじゃあ……」

「そんなことありませんわよ。浮世の者の感情というのは、常世に大きく影響するのですわ。那由多さんが、平穏無事に幸福を感じて生きていれば、ケガレもたまりませんし、ハレの気が増えてケガレも祓《はら》えるはずです」

「そういう……ものなんですね」

　性格のせいもあるけれど、僕の人生は不安ばかりだ。いつでもお祭り気分でいるのも、なかなか難しい。常にハレの気を出していられる人間がいれば、それもまた一種の才能なのだろう。

「今の浮世には、不安が多いってことですかね」

　だから、虚路が現れるのか。だから、怪談が生まれやすいのか。

　そんな疑問に、ハナさんは少しだけ言い淀《よど》む。それは、肯定しているも同然だった。

「そう、ですわね……。今の時代は、昔に比べて豊かですし、様々な選択肢もあります。だからこそ、迷いが多いのかもしれませんわね」

「選択肢が……多い……」

「ええ。昔でしたら、大学を出たら就職が出来て、しかも高給が約束され、長く勤めていられるという状況のようでしたが……」

「今は、そうじゃないですよね。大学をちゃんと卒業しても、就職が出来るとは限らない。お給料だってなかなか上がらないし、正社員になれたって、一生が保証されるわけじゃない。でも、一方では、学校に行かなくても、就職をしなくても、稼ぐことが出来るっていう……」

ユーチューバーなどは、正に誰でも出来ることだ。何の資格も要らない。動画を配信出来る環境があれば、誰でもユーチューバーになれる。尤《もっと》も、人見知りの僕にはかなりの難易度だ。ユーチューバーとして生き残るには、それ相応の実力が必要なのである。

昔は多様性が少なく、大きなレールが一本敷いてあって、そこを走れば良かったのだろう。

だが、今は違う。敷かれているレールは増えたが、どれもが細く、走れる人間が限られている。そして、レールの上を行かなくても、走れるようになってしまった。

それによって、古い社会が崩壊し、先の見通しが利かなくなっている。

そして、皆が不安を抱えているのに、それが多様化しているせいで、共感が出来る人間が少なく、不安を癒せなくなっている。

だから、ケガレが蔓延《まんえん》するのだろうか。

「……もし、虚路が現代のケガレの化身のようなものだったら、昔からいたアヤカシや神様でも、難しいかもしれませんね」

「ええ……。私も、あまりお力になれないのが歯がゆいですわ。ハナに出来ることは、皆さんを笑顔で出迎え、お茶をお出しすることくらいですの……」

俯《うつむ》くハナさんに、「いやいや」と僕はツッコミを入れる。

「それだけで充分ですから！　ハナさんの笑顔に癒されますし、お茶は美味《おい》しいですし！」

「そ、そうですか？　お役に立てているのなら良いのですが」

　僕の賛辞に、ハナさんは頬をぽっと赤らめて喜ぶ。

　ハナさんは本当に素直だ。器物のアヤカシだからなんだろうか。僕もこれくらい素直だったら、うじうじ悩んだりせず、ケガレも抱かないんだろうか。

　そこまで考えて、ハッとする。そうやって、深くネガティブに考えるからいけないんだ。

　まずは心を落ち着かせようと、ハナさんの淹れてくれたお茶を飲み干したその時、雑貨屋の扉が開かれた。

「あら、鳴釜さん！　いらっしゃいまし！」

　やって来た客は、鳴釜だった。風呂敷《ふろしきづつ》包みを抱え、ひょこひょこと店内に入って来る。

「こんばんハ。おにぎり、持ってキタ」

「まあまあ。有り難うございます！」

　ハナさんは、鳴釜から風呂敷包みを受け取り、代金を支払う。僕の頼んだ高菜のおにぎりも一緒に届けてくれたので、僕も代金を支払った。

「ありがト、ゴザイマス」と鳴釜はぺこりと頭を下げる。

「いえいえ、こちらこそ」

ハナさんと僕も、深々と頭を下げた。

「それにしても、狭間堂さんのお帰りはいつになるのでしょう。おにぎりが冷めてしまっては勿体《もったい》無いですわ。今から、ハナが届けに行きましょうか……」

ハナさんは、風呂敷包みを見つめながら考え込む。

「それじゃあ、僕が行きますよ」

「えっ、那由多さんが？　お客さまに、そんなことをさせるわけにはいきませんわ！」

「いえ。僕はいつもお世話になってますし。それに、ハナさんがいなくなったら、雑貨屋は誰もいなくなっちゃいますし……」

「そ、それもそうですわね。では、お任せ出来ますか？」

もし、届けられなかったら戻って来ても構わないので、と言いながら、ハナさんは僕に風呂敷包みを手渡す。おにぎりが幾つ入っているのか、風呂敷包みは妙にずっしりとしていた。

「隣町との出入口は、十二階を挟んで浮世との出入口の反対側ですわ。もし、分からないことがあったら、器物のアヤカシに聞いて下さいまし」

獣のアヤカシは、時として悪戯《いたずら》半分で人間を化かすことがある。だけど、華舞鬼町の器物のアヤカシは、基本的に人間に対して好意的なので、親切にしてくれるだろうということだった。

「それじゃあ、行ってきます」

「行ってらっしゃいまし！」

「気を付けテ」

ハナさんと鳴釜に見送られながら、僕は雑貨屋を後にする。目指すは、華舞鬼町から隣町へと向かう出入口だ。その途中で、狭間堂さんに追いつけばいいのだけど。

しかし、そう思うのとは別に、僕の中で、狭間堂さんが向かう先に赴いてみたいという好奇心もあったのだった。

すぐに追いつくとは思っていなかったが、本当に一向に追いつく気配がなかった。日はほとんど落ち、空は黄昏《たそがれ》に染まっている。堂々と佇《たたず》む十二階もライトアップされ、その足元では賑《にぎ》やかな声が聞こえて来た。

その灯《あか》りを背に、僕は住宅街を歩く。

平屋で瓦《かわら》屋根の家々が並ぶ中、僕は長い影を引き連れて歩いていた。

家と家の間には細い路地があるが、そちらを決して振り向かないようにする。視界に収めたが最後、虚路の灯りが見えそうだったから。

「狭間堂さん……」

ぽつりと、今探している人物の名前を呟《つぶや》いてしまう。「どうしたんだい？」と声をかけてくれないだろうか。

塀に囲まれた家々からは、アヤカシのものと思われる声がする。しかし、それは怪しいひそひそ話の類《たぐい》ではなく、一家団欒《だんらん》の楽しげなものであった。

だからこそ、余計に疎外感がある。

この街は僕を受け入れてくれるけれど、独りでいることには変わりがないのだと。伸ばされた手をただ取るのではなく、そこから一人で歩かなくてはいけないのだと。そう、言われているような気がした。

「あっ……」

ぴたりと足を止める。

住宅街は途切れていた。華舞鬼町から浮世へ向かう出入口のように、そこには門のようなガス灯が一対、佇んでいた。

結局、狭間堂さんには会わなかった。街の中心である十二階から真っ直《す》ぐやって来たので、追いつければ出会えるはずなのだが。

「やっぱり、この先に行っちゃったのか……」

街灯の向こうには、道がある。しかしそれは、生い茂った木々に囲まれて、うすぼんやりとした闇に包まれていた。

その遥《はる》か先に、優しげな街の光が見えた。華舞鬼町よりも控えめではあったけれど、遠くから眺めても安心出来るような光だ。

きっと、そこに狭間堂さんはいるのだろう。

僕は意を決して、ガス灯が示す境界から外へ出ようとした。

その時だった。チリン、と自転車のベルの音がしたのは。

「えっ……」

僕は思わず足を止める。よく見れば、僕の前に広がる闇の中に、人影があった。

さっきまではいなかったはずだ。まさか、虚路だろうか。

鞄《かばん》の中のカメラをぎゅっと抱くが、その人影が携えているのは、ランプではなく、自転車だった。

その荷台には、大きな木箱が載せられている。祖父が幼かった頃、紙芝居屋さんはそうやって、自転車に紙芝居を載せてあちらこちらへと赴いたのだという。ということは、紙芝居屋さんだろうか。

しかし驚いたことに、その紙芝居自転車を引いている人物は、幼い少年だった。ハンチング帽を目深にかぶり、大きなマントを羽織っている。

レトロな風貌《ふうぼう》と併せて、虚路を彷彿《ほうふつ》させるものの、紙芝居屋の少年のマントの裏は、鮮やかな蘇芳《すおう》色だった。まるで、黄昏の空のような色だ。

「こんばんは」

少年は、やけに落ち着いた声で挨拶《あいさつ》をする。

「こ、こんばんは……」

「浮世の子がこんなところにいるなんてね。迷子かい？」

「い、いえ。狭間堂さんを追いかけていて……」

目の前にいるのは幼さすらある少年なのに、まるで老人と話しているようだ。僕が戸惑っていると、少年は僕の顔を覗《のぞ》き込む。

「ふぅん。何処かで見たことがあると思ったら、彼方《かなた》が助けた子か」

「えっ、彼方って……狭間堂さんの名前ですよね……？」

「そう。よく知っているね」

少年はにっこりと微笑む。雰囲気こそは穏やかだったが、彼は僕の前に立ちふさがり、頑《かたく》なに道を譲らなかった。ガス灯から外へ一歩も出さないと言わんばかりの、威圧感すら覚えた。

「実は、狭間堂さんにおにぎりを届けたくて……」

僕はそっと風呂敷包みを見せる。少年はそれを見て、合点がいったようだ。

「成程ね。感心な子だ。それならば、私が代わりに届けよう」

少年は紙芝居自転車のかごを僕に向ける。そこに入れろという意図を感じ、僕は狭間堂さんの分の風呂敷包みをそっと入れた。因《ちな》みに、僕の分は、既に鞄の中に取り分けてある。

「狭間堂さんの居場所、知ってるんですか？」

「知っているとも。この先にいれば、何処にいてもね」

少年は、意味深に微笑む。円さんのように、あちらこちらで監視でもしているのだろうか。

いずれにせよ、彼は僕を先に進ませる気はないらしい。無理やりにでも突破しようという気も起きず、僕は、踵《きびす》を返そうと思った。

「そ、それじゃあ、僕はこれで」

「待ちたまえよ」

少年は、笑顔のまま僕を制止する。

「な……何か？」

「君にご褒美をあげよう。彼方のために、ここまで来てくれたのだから」

少年はそう言って、荷台の紙芝居をごそごそと用意し始める。持っている紙芝居でも見せてくれるのだろうか。

「というか、狭間堂さんとはどういう関係なんですか……？」

「すべて話すと、長くなってしまうからね。簡単に言うのならば、彼方――君の言う、狭間堂の友達というところかな」

「狭間堂さんの……友達」

そこには、多くのニュアンスが含まれている気がした。

「君は、狭間堂のことを知りたい」

「えっ……」

不意にそう言われ、思わず目を丸くする。だが、少年はニコニコと微笑んでいるだけだった。

「私が少しだけ教えてあげよう。彼に知られても怒られない程度にね。私も、彼とは良好な関係でいたいし」

「教えてくれるって、どういうことを……」

「そうだね。どうして狭間堂が、色んなアヤカシを受け入れようとしているか――というのはどうだろう」

僕は、心臓が射貫《いぬ》かれるような感覚に陥る。それこそ正に、僕が知りたかったことの一つだから。

少年は、皆まで言わなくていいと言わんばかりに、僕に微笑みかけた。

「安心して。悪いようにはしないさ。ただ、少し驚くことになるかもしれないけれど」

「あ、あの、蚤《のみ》の心臓なので……お手柔らかにしてくれると有り難いというか……」

少年の不吉な宣言に、僕は思わず縮み上がる。

「なに。死にそうになったら助けるよ」

少年はさらりと恐ろしいことを言って、紙芝居を僕の方へと掲げてみせた。

「さて。これは華舞鬼町が華舞鬼町となる前の話。御城《みじょう》彼方という青年が、大学を卒業して全国を回っていた頃の話さ」

紙芝居のタイトルを見ようと覗き込んだ瞬間、視界が歪《ゆが》む。妙な浮遊感が身体を包み、そのまま、紙芝居の中へと吸い込まれて行くのを感じたのであった。

気付いた時には、僕は森の中にいた。鬱蒼《うっそう》と茂った木々と、ぼうぼうと生えた草に包まれていた。

「あ、あれ？　また異界⁉」

辺りを見回しても、あの紙芝居屋の少年も、華舞鬼町の家々もない。しかし、携えていた鞄はちゃんとあったので、無くさないようにしっかりと抱いた。

「ここは一体、何処なんだ……？」

遥か頭上には、辛うじて木漏れ日が見える。しかし、密集した葉に遮られ、光は僕の所まで届かなかった。

空気が重い。湿気のせいだろうか。所々に横たわっている岩は苔《こけ》むしていて、種類がよく分からない羽虫がぶんぶんと飛んでいた。

だけど、静かだ。鳥の声も、獣の足音も聞こえない。

ぎぃ、と何かが軋《きし》む音が頭上でする。びっくりしてそちらを見てみるが、倒れかけた木が、別の木に寄りかかっていて、風に揺られてぎぃぎぃと音を立てているだけだった。

「ううう……。一体何なんだ、ここは……」

一先《ひとま》ず、狭間堂さんを探そう。そう思って立ち上がろうとしたものの、身体が動かなかった。

「あ……れ？」

力が入らない。へなへなと、その場にくずおれてしまう。何とか上体を起こそうとするものの、身体は言うことを聞かなかった。

一体どうして。そう思った瞬間、猛烈な飢えが僕を襲った。

脱力感が身体の力を奪い、焦燥感が僕の心を泡立たせ、無力感が僕を地面に縛り付ける。じっとりとした湿っぽい空気と、腐ったおにぎりの臭いが漂っていた。

複数の人間に、上から押さえつけられているような感覚だ。頭も腕も脚も、何本もの濡《ぬ》れた手に掴《つか》まれているようだった。

これは、生きている人間の手ではない。触れられただけでゾクゾクと怖気《おぞけ》が走るのは、亡者のものだ。

僕の中には、大きな一つの感情が芽生えていた。それは、空腹感である。

お腹が空《す》いて空いて、仕方がない。口の中から、すっぱいものが込み上げる。これは、胃酸なんだろうか。

どうして、いきなりこんな感覚に囚《とら》われるのだろうか。もしかしたら、亡者の仕業なのだろうか。

「だ……」

誰か助けて、と叫ぼうにも、声にならない。カラカラに乾いた吐息が漏れるだけだ。

僕は、いよいよ意識を手放しそうになる。そんな時、すぐそばで足音がした。

気のせいだろうかと思うものの、横たわる僕の目に、誰かの靴が映った。

「大丈夫かい？」

若者の声だ。大丈夫じゃない、と答えるが、声にならない。

「これは、ひだる神に憑《つ》かれているね。ここで行き倒れた人がいたのかもしれない」

声の主は、僕の目の前にしゃがみ込む。そして、僕が抱いている鞄《かばん》にそっと触れた。

「この中、食べ物は入ってる？」

僕は辛うじて頷《うなず》く。すると、声の主は「ごめんね」と断りを入れてから、僕の鞄に手を突っ込んだ。中には、大事なカメラも入っている。普段ならば拒絶するところだが、今は緊急事態だから仕方がない。

それに、この声には聞き覚えがあった。

「あった。おにぎりだ。丁度いい」

声の主は、鳴釜が握ってくれた高菜のおにぎりを、僕の口へと運ぶ。

「ほら、食べて」

僕はカサカサに乾いた唇でおにぎりの一欠片《かけら》を含み、カラカラに渇いた口で噛《か》み締める。そして、イガイガになった喉《のど》へと通した瞬間、スッと身体が軽くなった。

「あっ……」

声が出る。指先も動き、あの腐ったおにぎりの臭いは失《う》せていた。

口の中では、少し甘いお米の味と、高菜の味が混ざり合っている。唾液《だえき》が口の中を潤し、身体の奥から溢《あふ》れるぬくもりが、空腹感や負の感情を拭《ぬぐ》い去って行った。

「良かった。元気になったね」

「あ、有り難う御座います」

僕は上体を起こし、相手の顔を見上げる。そこにあった顔に、僕は思わず目を見張ってしまった。

僕の目の前にいるその人物は、狭間堂さんだったからだ。

「狭間堂……さん？」

「えっ？」

目の前の人物は、キョトンとした。

よく見れば、狭間堂さんよりもずっと幼い顔立ちで、下手をしたら僕と同じくらいの年齢に見える。背も僕より高いものの、長身ではなかった。ダウンジャケットを着て、大きなリュックサックを背負っているけれど、どちらかと言うと、リュックサックに背負われているような感じだ。

「僕は御城彼方」

目の前の人物は、そう名乗った。

成程、狭間堂さんの若い頃か。といっても、今も充分若いけど。

「君、浮世の人だよね。こんなところでどうしたんだい？」

彼方さんは手を差し伸べる。その手は温かいけれど柔らかく、狭間堂さんに比べて頼りなげな好青年だった。

そして、物凄《ものすご》い既視感を覚える。もしかしたら僕は、この御城彼方と名乗っている人物に会ったかもしれない。

僕が彼方さんを見つめていると、彼方さんも僕を見つめ返す。その視線に抵抗感はない。狭間堂さんと同一人物だと分かっているからだろうか。

「あ、ごめんね」

彼方さんは、気付いたように謝罪した。

「どうしたんだいって聞かれても、僕の方こそどうしたって感じだよね」

「アッ、違うんです。ちょっと考えごとをしていて……！」

苦笑する彼方さんに、僕は慌ててフォローを入れる。

「えっと、僕はその、み、道に迷ったっていうか……」

「こんな山奥で？　山菜採りでも、してたのかな？」

彼方さんは不思議そうな顔をする。

しまった。ここは山奥なのか。それなのに、僕は登山靴どころかスニーカーという軽装で、リュックサックではなく通学に使うような鞄を持っている。

どう見ても不審者だ。これでは、山菜採りすら出来ないのではないだろうか。

「そ、その……」

「それか、境界に迷い込んだのかもしれないね。悪戯《いたずら》なアヤカシが連れて来たのかもしれないし」

「そ、そうです！　きっとそれ！」

渡りに船だと思ってそのアイディアを採用するものの、彼方さんはまたもや首を傾げた。

「へぇ。境界やアヤカシの話、大抵の人は何だそれって聞き返すんだけど、君は詳しいんだね」

「ウワー」

心の叫びが思わず声に出る。墓穴を深く掘り過ぎた僕は、そのまま埋まってしまいたかった。

自慢ではないが、ギャルゲーが大の苦手だ。試しにやってみたものの、選択肢をことごとく失敗して、どのキャラクターとも上手《うま》く行かない。背後でそれを見ていた姉に、「あんたは女心が分かってないのね」と蔑《さげす》みの目で罵《ののし》られる始末だ。

この墓穴掘削マシーンである僕にとって、唯一の救いは、この場にいるのがギャルゲーのキャラクターよりも寛容な若い頃の狭間堂さんということだ。

「まあ、ええ。いろいろな事情がありまして……」

僕はそう言ってお茶を濁す。人の好《い》い彼方さんは、「そうなんだね」と納得した。

「麓《ふもと》まで行きたいのならば、僕が送るよ。その前に、やらなきゃいけないことがあるから、ちょっと待ってくれると嬉《うれ》しいけど」

「やらなきゃいけないこと？」

そうだ。どうして、彼方さんはこんなところにいるのだろうか。装備はちゃんとしているけれど、道も無いし、登山をしているというわけではなさそうだ。

「この山はね。昔、行き倒れた人が多かったんだって。今は麓にトンネルが通ったし、車も電車もあるけれど、昔は山の向こうに行く時に、徒歩でここを越えなきゃいけなくてね」

彼方さんは、周囲をぐるりと見渡す。

道らしいものは、背の高い草が生い茂っているので見当たらない。だけど、苔《こけ》むした石をよく見れば、人工的に削り出されたような雰囲気を醸し出していた。

もしかしたら、それが標《しるべ》だったのだろうか。いや、墓石にも見えるような気がする。

ふわりと、腐ったおにぎりの臭いが漂ってきた。景色が黒ずんでいるような気がして目を瞬《しばたた》かせるが、ぞわりと背筋に寒気が走り、それが気のせいでないことに気付いた。

「……戻って来たみたいだね」

「さっきの、ひだる神ってやつですか……？」

僕の問いかけに、彼方さんは頷く。

「ひだる神は、行き倒れた人達の未練の塊のようなものなんだ。憑かれれば、彼らと同じような飢餓感に襲われて、彼らと同じように行き倒れてしまう」

彼方さんは、僕の手の中の高菜のおにぎりを見つめた。

「でも、食べ物を口にしたり、手のひらに『米』と書いて嘗《な》めたりすると、ひだる神を追い祓《はら》えるんだ。君は、その高菜おにぎりに感謝をしないと」

「……そうですね」

鳴釜がせっせと握ってくれたおにぎりをそっと抱き、彼に心から感謝の念を飛ばす。

「君は、下がってて」

そんな僕の前に立ちふさがるように、彼方さんは目の前のケガレの塊に歩み寄る。

黒い靄《もや》は、ゆらゆらと揺れていた。人形のようにも見えたし、ただの靄にも見える。実に曖昧《あいまい》な存在だった。

「追い祓うんですか……？」

「ううん。追い祓えば、その場は凌《しの》げるかもしれない。でも、彼らはまた彷徨《さまよ》わなくてはいけなくなるからね。時の流れとともに未練は薄くなり、最終的には消えるらしいんだけど、それが何年先か、何十年先か、それとも、何百年先か分からない。その間、ずっと彼らは飢えたままだから……」

ケガレの塊は、苔むした石の辺りに留《とど》まっていた。

彼方さんはそちらに歩み寄り、しゃがみ込んだ。そして、リュックサックからお線香と、おにぎりを取り出す。

彼方さんがお線香に火をつけると、白檀《びゃくだん》の香りがふわりと漂う。お皿の上におにぎりを載せ、彼方さんはそっと手を合わせた。

そうか。こうやって、彷徨っている人達が正しい道に逝けるよう、彼なりの供養をして回っているのか。

道を示そうとしているところは、今も昔も変わらないということか。

僕も、その後ろから手を合わせる。ケガレとなってしまった彼らがあるべき場所へと逝けるように、彼方さんの想いが彼らに通じるようにと。

ケガレの塊は、風に吹かれた炎のように揺れたかと思うと、少しずつ、薄くなっていった。それを見た彼方さんは、ほっと一息吐く。

「良かった。お腹がいっぱいになったみたいだ」

「それは、何よりです」

僕も安堵《あんど》の息を吐く。

「君も一緒に祈ってくれたんだね。有り難う」

「い、いえ。僕も、お腹が空《す》いたままなのは辛《つら》いですし」

「他人の痛みに共感する優しい人なんだね」

彼方さんは嬉しそうに微笑む。その笑顔が照れくさくて、僕はつい目をそらした。

「彼方さんは、他の場所でもこんなことを？」

「うん。誰もお参りをしなくなっちゃった祠《ほこら》とか、戦場の跡とか、こういう場所を巡っているんだ。そういう場所には、ケガレが溜《た》まり易いからね」

そして、ケガレを見つける度に、浄化を試みているということか。

「どうして、そんなことを……？」

「きっとそれが、僕のやりたいことだからさ」

彼方さんは、迷わずにそう言った。

「最初は、自分の道を模索するためにやってたんだけどね。浮世と常世の橋渡しが出来たら良いと思って。狭間《はざま》の存在として、ね」

彼方さんのその言葉に、ドキッとする。そこに、狭間堂さんの原点を垣間《かいま》見たような気がした。

「よし……」

お線香が燃え尽きたのを確認すると、彼方さんはその灰を片付ける。そして、おにぎりを回収した。

「そのおにぎり、どうするんですか？」

「食べるんだよ」

「えっ、食べる……⁉」

「そうじゃないと、勿体《もったい》無いじゃないか。君だって、仏様にお供えしたものを食べるだろ？」

「え、うーん……」

どうだっただろうか。

祖母が仏壇に供えた果実は、いつの間にか無くなっている。あれは、処分したわけではなく、食卓にさり気なく出されていたということか。まあ、食べ物を捨てずに済んでいるのならば、いいのだけど。

「流石に、他の仏様に使い回しは出来ないからね。一回お供えしたものは、僕のお腹の中に収まって貰《もら》うことになっているんだ」

彼方さんはそう言って、おにぎりを頬張る。もしかして、重そうなリュックサックの中には、ごっそりとおにぎりが詰まっているのだろうか。

「ん？」

ふと、腐ったおにぎりの臭いが鼻をかすめる。気のせいかと思うほど希薄なケガレが、ゆらりと彼方さんの後ろにまとわりついた。

「か、彼方さん！」

「ああ……。このひとはまだ、満たされないのか」

彼方さんは苦笑まじりにそう言った。実に慣れているような雰囲気だった。

「僕の力が及ばないせいか、偶《たま》に、逝くべき場所に逝けないひとがいてね」

彼方さんの視線を辿《たど》ると、彼方さんが歩いて来た方から、ぽつぽつと黒い靄がやって来るのが見えた。一つ一つは小さなケガレなのだろうけど、動きは統率が取れていて、まるで大きな塊のように見えた。

彼方さんの背後にまとわりついていた希薄なケガレも、そこに吸い寄せられるように飛んで行った。

「……あれが、その塊なんですか？」

「そう。あのひと達がね」

彼方さんは、静かに頷《うなず》いた。

「彼らの未練はとても強い。でも、自分がもう誰だか分からない状態なんだ。とても古い人も混じっているようだしね。だから、ああやって一塊になって、お互いを補うことで自我を保っているんだ。自我と言っても、意思があるわけではなく、未練だけの存在なんだけど……」

彼方さんは振り返る。ケガレの塊を見る目は、とても寂しそうで、切なかった。

「最早《もはや》、浮世に留まること自体が未練になってしまっているのかもしれないね。そうなると、道を示すのは難しい。彼らは浮世には戻れないからね。精々、狭間で生きることしか出来ないんだ」

「……生きているから常世の者にはなれない彼方さんみたいに？」

僕の問いに、彼方さんは虚を衝《つ》かれたように目を丸くする。でも、それは一瞬の出来事だった。

「言い得て妙だね。僕と彼らは似ているのかもしれない」

でも、と彼方さんは続ける。

「生きているから、常世の者になれないわけじゃないんだ。生きていても、常世の者になることがある。僕が憧《あこが》れているひとが、そうだった。とても強いひとでね、ケガレを祓う力を持っていたんだ」

異能を持っているそのひとは、異質であるがゆえに、浮世の人々から排除されてしまったのだという。心根の優しいひとだったにもかかわらず、だ。

「人間は、怖がりだからね。異質なものは鬼とされ、輪から外されてしまう。時代は少しずつ多様性を認めるようになっているけれど、古い慣習は未《いま》だに根強く残っているからね」

僕も、転校先で輪に入れて貰えなかったことが何度もある。それは、僕が異質であり、鬼とされていたからか。

「僕は、そんな鬼とされたひと達でも穏やかに住めるような場所を作りたいと思っているんだ。異質と言われたひと達が、自分を殺して生きなくてもいい、華やかに舞えるような、そんな場所をね」

「それが、華舞鬼町――」

怪しげだったり怖かったりするアヤカシすらも受け入れる街と、あらゆるひと達の均衡を保とうとする総元締め。その姿が、今の彼方さんと重なって見えた。

「良い名前だね」と彼方さんは答える。自分でつけた名前ですよ、と僕はツッコみそうになるものの、良い名前であることには変わりがない。

「じゃあ、そういう街ならば……ああいうひと達も……？」

僕は、背後からついてくるケガレの塊を見やる。彼方さんは、ちょっと困ったような顔で微笑んだ。

「そこが、難しくてね。ケガレは浮世の者にも常世の者にも良くないから。でも、追い祓《はら》いたくもないからね」

彼方さんは、おにぎりを食べながら考え込む。僕は、背後からケガレの塊がやって来るというだけで恐ろしいのに、肝が据わり過ぎているなと思った。

「彼らには、概念的な器が必要なのかもしれない。何らかのアヤカシとして定義づけられれば、もう少し姿がハッキリするのかも」

そうすれば、ケガレも抑えられるかもしれない。彼方さんは、独りで納得して頷いた。

「あとは、自我があると良いのかもしれないね。存在が漠然としているから、彼らは余計に不安が募るんだ」

「自我って、どうやって？　もう、自分が誰だか分からないんじゃないんですか……？」

「だから、新しい名前を与えるのさ。大勢が個人になれば、考えもまとまり易いだろうから」

僕達だって細胞の集まりだしね、と彼方さんは大雑把に括《くく》ってみせた。

「新しい名前かぁ……」

「うん。古いひとから新しいひとまで、それこそ、百代分の未練が集まっていそうだからね。それらが円満になれるような、そんな名前がいい」

「百代が……円満……？」

僕の呟《つぶや》きに、彼方さんは頷く。

それって、もしかして。

思わず彼方さんに尋ねようと、足を踏み出す。しかし、その先に感触はなかった。

「えっ」

地面がない。そう思った瞬間、僕は真っ暗闇の中に放り出されていた。

彼方さんの姿が遠くなり、あのケガレの塊も見えなくなり、腐ったおにぎりの臭いもしなくなる。

闇から光へ。僕の身体は投げ出されたのであった。

「うわっ！」

僕が飛び起きると、そこは華舞鬼町の路上だった。黄昏《たそがれ》だった空は、すっかり夜になっている。

「那由多君、大丈夫かい？」

「狭間堂さん！」

心配そうな狭間堂さんが、僕の顔を覗《のぞ》き込んでいた。僕は慌てて飛び起きる。

「僕は、確か……紙芝居屋さんに……」

「ああ。彼からおにぎりを受け取ったよ。持って来てくれたんだってね、ありがとう」

狭間堂さんは、袂《たもと》から畳んだ風呂敷《ふろしき》を取り出してみせる。それこそ正に、鳴釜から預かった風呂敷だけれど、おにぎりは全部お腹の中に入ってしまったのだろうか。

「……狭間堂さん」

「何だい？」

僕が先ほどまでいた場所は、過去の世界だったんだろうか。それとも、紙芝居屋さんが見せた幻覚だったのか。いいや、きっと、僕は本当に紙芝居屋さんの紙芝居の中にいたのだろう。彼は、紙芝居を見せてくれると言ってくれたのだから。

「いや、何でもないです。その、どうやったら背が高くなるのか知りたいなーとは思いましたけど」

「えっ、藪から棒にどうしたんだい？　背丈ならば、千葉県のピーナッツを食べるといいんじゃないかな。僕はここに腰を落ち着ける前、全国を歩いている時にピーナッツをひたすら食べててね。気付いたら、この背丈になってたんだ」

飽くまでも故郷のピーナッツを推す狭間堂さんだが、山の中の道なき道を歩き、おにぎりを貪《むさぼ》るように食べていたからなんじゃないだろうか。

「さてと。僕は雑貨屋に戻るけど、那由多君はどうする？」

「ぼ、僕も戻りますよ。用事は済ませましたし……！」

僕は狭間堂さんと一緒に、元来た道を戻る。くしゅんとくしゃみをする僕に、狭間堂さんは羽織を掛けてくれた。

「長い間、あそこで眠っていたのかな。今日は温かいお風呂《ふろ》に入るといいよ。風邪をひくといけないから」

「そうですね……」

白檀《びゃくだん》の優しい香りが僕を包む。何気なく鞄《かばん》から祖父のカメラを取り出すと、華舞鬼町の出口にして、隣町の入り口を写す。

誰もいない夜道の向こうには、優しい明かりが灯《とも》っている。現像された写真を見てみると、夜道を往く紙芝居屋さんの後ろ姿が写っていた。蘇芳《すおう》色のマントがひるがえり、暗い道へと歩いて行く。その姿は、夜の闇へと消えていく夕陽のようだった。

チリーンと紙芝居自転車のベルの音が聞こえた気がした。僕は隣町の方にぺこりと頭を下げると、今度こそ、雑貨屋へ向かうべく歩を進めた。

あの紙芝居の時間から、何年経ったのだろうか。僕の隣の狭間堂さんは、すっかり頼れる大人になっていた。

そして、狭間堂さんにまとわりついていたケガレの塊は、今では名前を得て、アヤカシとしての概念も得て、姿も立場も得ている。

「百代円……か」

まさか、円さんの名前にそんな意味が込められていたなんて。そして、まさか、円さんの名前を付けたのが狭間堂さんだったなんて。

僕は食べかけだった高菜のおにぎりを食べながら、狭間堂さんが名付けた街の光を眺めていたのであった。

余話　百代円記者の怪奇事件簿

ガス灯の光が華舞鬼町を優雅に照らす。

ステンドグラスの窓からその灯《あか》りを眺めながら話しているのは、百代円と狭間堂だった。

「で、円君は那由多君には聞こえない太鼓の音が聞こえた——と」

雑貨屋の奥にある座敷には、今は円と狭間堂しかいない。店内に客のアヤカシがいるものの、ハナが応対していた。

「そう。総元締め殿のお気に入りの那由多君が、震え上がる姿を見たかったんだがね。どうやら、己《お》れの耳にしか届いていなかったようだ」

「そうやって、那由多君を苛《いじ》めないでよ……」

狭間堂は溜息《ためいき》を吐く。

灯り無し蕎麦の一件で、円は那由多と境界の両国で鉢合わせた。そこで、円だけが『津軽の太鼓』の太鼓の音を聞いたのである。

「調べたところによると、津軽の太鼓もアレンジされた怪談が話題になっているようでね」

円は携帯端末を操作し、SNSの検索画面を見せる。そこには、津軽の太鼓の怪談についての話題が、ずらりと並んでいた。

「太鼓の音が聞こえるようになると、不幸が訪れる……か。実際に、音に悩まされているうちに消えた人がいるようだね」

狭間堂は、円が見せてくれた情報を要約する。

「そういうことだな。まあ、元の怪談で太鼓の音が聞こえるのも、誰かが火事を報《しら》せる時だ。不幸の警告という意味なら、きっちりと原作を踏まえている」

「でも、円君はそれを聞いたんだよね……？」

狭間堂は心配そうに円を見つめる。すると、円は左右非対称な笑みを浮かべた。

「問題児が何処かに行っちまわなくて、残念だったかい？」

「違うよ。今は無事で安心してるし、この先は心配だと思ってる」

狭間堂の語気が強まる。その真剣な眼差《まなざ》しから、円はすっと目をそらした。

「総元締め殿は、お優しいからな」

「円君……！」

「まあまあ。今問題なのは、津軽の太鼓だぜ？」

円はそう言って、携帯端末を自分達の間に割り込ませる。

「ご覧の通り、己れは無事だ。死者は怪談に取り込まれないのかもしれないな」

「相手を選んでいるということか……」

狭間堂は、難しい顔で考え込む。

「灯り無し蕎麦も、姥ヶ池も、怪談に関わった者は一時的に姿を消している。つまり、境界に閉じ込められている。しかし、その対象は生者だけで、死者は対象外。気になると思わないかい？」

「確かに、気になるね。条件が分かれば、対策のしようがある気がするんだけど」

狭間堂は、頷《うなず》きながらそう言った。

「已れも記事にしたくてね。今回も取材をしようと思ったものの、どうもアクセスが難しいようだ」

「円君でも？」

「そこで、総元締め殿はどうかと思ってね」

円に尋ねられた狭間堂は、申し訳なさそうに目を伏せた。

「今回の件、姥ヶ池でも痛感したんだけどね、僕はどうやら、彼に避けられているらしい」

「虚路に拒まれて、境界にすら入れないってことか」

「まだまだ、力が及ばないことが多いな……」

狭間堂はぽつりと呟《つぶや》く。

円は、それを見逃さなかった。狭間堂は基本的に、他人の前で弱音を吐いたりしない。那由多の前でも、常に自信ありげに振る舞っていた。

しかし、時折、ごく一部の身内の前で、総元締めでも狭間堂でもない表情を見せる時がある。円は、そのうちのひとりだった。だが、その相手は円ひとりではなかった。

「力が、つき過ぎたからかもしれないぜ」

円は素っ気なくそう言った。

「力がつき過ぎたから……？」と狭間堂は不思議そうだ。

「そう。力をつけて迷いがなくなったから、虚路が警戒しているのさ。恐らく、虚路にとって邪魔なものなんじゃないか？」

それにもかかわらず、狭間堂を攻撃しないということは、虚路はそういう性質のものではないのだろう。

「でも、何とかしたいところだね。『津軽の太鼓』の怪談でも、行方不明者が出ているのだとしたら……」

「まあ、その辺は己れに期待してもいいぜ。いいネタになりそうだ」

円はそう言って立ち上がる。

「境界への繋《つな》がりを、見つけたのかい？」

「ああ。行方不明者の縁者を見つけた」

円は薄く笑う。

狭間堂と会話をしている最中《さなか》も、円は切り離した己の一部で行方不明者と関わりがある人物を探していた。そして、ようやく行きついたのである。

「円君、僕も——」

「総元締め殿は待っていたまえよ。華舞鬼町の平和を守るのが一番の役目だろう？」

「うん……」

狭間堂は、歯がゆくて仕方がないという顔をする。そんな彼に、円は肩をすくめてみせた。

「そんな顔をしなくても、奴に一泡吹かせるべく、怪談を一つ壊してみせるさ」

「ああ、頼むよ。それにしても……」

円の顔を見上げた狭間堂は、困ったような苦笑をこぼす。

「円君、今、すごく意地悪な顔をしているね」

「まあね」

円もまた、思わず苦笑いを浮かべた。虚路に対する露骨な敵意を、誤魔化しきれなかったからだ。

百代円として括《くく》られる者達。

虚路にそう呼ばれた瞬間の、全身が辱められたような感覚を思い出す。百代円として括られているが、個々は違うと言わんばかりだった。自身を構成する全ての未練が、百代円だというのに。

「それじゃあ、健闘を祈っていたまえ」

踵《きびす》を返す円に、「気を付けて」と狭間堂が声をかける。円は接客中のハナに軽く会釈をすると、切り離していた自分自身と合流すべく外へと出たのであった。

情報を摑《つか》んだ自身と合流した後、円が向かった先は、上野《うえの》だった。普段ならば、再び自身の一部を偵察に向かわせるのだが、虚路が関わっているとなると、そういうわけにはいかない。自身を総動員させなくては、危険な相手だった。

上野駅前は人の往来が激しい。観光地が付近に集中していることや、商業施設であるアメ横もあるので、至極同然だろう。地元民と思《おぼ》しき者、勤め人と思しき者、そして、観光客など、多種多様な人間が入り乱れていた。

ここの空気は、昔から変わらない。戦時中に比べればずっと整備されているし、昭和の面影があった建物はかなり無くなってしまったけれど、怪しいものがするりと入り込めそうな懐の深さは、相変わらずだった。

こうして上野駅に向かう者達の、どれほどが人間なのだろう。そう思いながら、円は上野駅を横切り、東側の大通りまでやって来た。

駅前から少し離れると、ぐっと整備された街並みになった。よく均《なら》された車道があり、その両脇に歩道があって、型に嵌《は》めて作られたようなビルが並んでいる。都心の何処でも見られるような風景だ。

大通りは、浅草通りと呼ばれていた。その大通りを真っ直《す》ぐ進めば、文字通り浅草に着くというわけである。

「だったら、もう少し情緒があってもいいもんだがね」

円は周囲を見回しながらぼやいた。小奇麗なビルばかりでは勿体《もったい》無い。

「ん?」

円は、或《あ》る一点で目を留める。

ビルとビルに挟まれるように、レトロな建物があった。木造二階建てで、瓦《かわら》屋根を被《おお》っている。昭和初期の頃に見られたデザインだ。建物自体はよく手入れが行き届いており、まだ現役であることが窺《うかが》える。

その近くに、少女がいた。

高校生くらいだろうか。何やら紙の束を持って、道往く人に配り歩いている。

「あの娘か」

円は目を細める。少女と同じくらいの背格好になろうかとも思ったが、少女は勝気そうなので、今の姿でも妙に警戒されないだろうと踏んだ。それに、この青年姿の面相は悪い方ではない。上手《うま》くすれば、好感が得られるかもしれないと、円は少女に歩み寄る。

「そんなに必死にビラを配って、どうしたんだい？」

円が声をかけると、少女は振り向きざまにビラを押し付ける。

「お姉ちゃんを探しているんです！　こういう人、見かけませんでしたか？」

強気に見開かれた瞳《ひとみ》が、円を真っ直ぐに見据える。円は、手渡されたビラに視線を落とした。

「へぇ。この人は君の姉か。それで、一週間前に姿を消した、と」

ビラには、目の前の少女をそのまま大人にしたような女性の写真と、その女性の名前や特徴が列挙されていた。

それは、『津軽の太鼓』の怪談で行方不明になった一人だった。偵察をしていた円の一部は、これを見て少女が縁者だと目星をつけたのだ。

そんなことも知らず、少女は大きく頷《うなず》く。

「そうなんです。この近くで目撃されたのを最後に、いなくなっちゃって……」

勝気そうな少女の顔が、くしゃりと不安に歪《ゆが》められる。今にも押し潰《つぶ》されそうなのを、必死に堪《こら》えているといった様子だ。

「ふむ、そいつは心配だ。そのお姉さんに、変わった様子は無かったかい？」

手帳を取り出す円に、少女は目を瞬《しばた》かせた。

「お兄さん、何なんですか？　探偵さん……？」

「いいや」と円は肩をすくめる。

「己《お》れは新聞記者でね。奇異な事件を追っているのさ」

少女は美羽《みう》と名乗った。円が勤めているのが何処の新聞社かということにかなり興味を持っていたが、円は適当に受け流しつつ、近くのチェーン店のカフェへと促した。

「それで、君のお姉さんは彼氏に振られてから、太鼓の音に悩まされるようになったというわけか」

「そうなんです。家の中とか、外を歩いている時に、消防車がサイレンを鳴らしながら近づいて来ることがあるじゃないですか。そういう時に決まって、『太鼓の音がする』って言っていたんです」

美羽が耳を澄ませるものの、そんな音は聞こえなかったのだという。何処かでお祭りでもやっているのかと思いもしたらしいが、そういうわけではなかったらしい。

「お祭りの太鼓の音とは違うって言うんです。ああいう陽気な感じじゃなくて、急《せ》き立てるような感じで……」

「消防車のサイレンに近いというか、重なるような感じかね」

「それです、それ！　お姉ちゃんもそう言ってました！」

美羽は目をめいっぱい見開く。

円は、自分が耳にした音と同じものだろうと推測する。火の見やぐらの、火事を報《しら》せるような音だ。

「失恋……ねぇ」

「あの時は本当にもう、ひどい落ち込みっぷりで……。『あの人の特別になりたかったのに』って部屋で泣いてたんですよね……」

美羽は深い溜息《ためいき》を吐いた。その嘆きは、家の廊下にまで聞こえていたのだという。

「特別……か」

ストレートティーに口をつけていた円は、そこに引っかかりを覚えた。

『津軽の太鼓』もまた、津軽越中守の弘前《ひろさき》藩津軽家上屋敷では火事を報せる時、特別に太鼓が許可されているという話だった。

(嫌な符合だ)

円は気付いてしまった。

美羽の姉と自分。例の太鼓の音を聞いてしまった両者に、共通点があることに。

それは、誰かの特別になりたいと思っているということだ。

そういった願望がある者が、アレンジされた『津軽の太鼓』の怪談に囚《とら》われるのだろうか。

「あ、あの」

美羽の声に、円はハッとする。気付いた時には、彼女は心配そうに円を見つめていた。

「お兄さん、大丈夫ですか？　顔色が悪いみたいですけど」

心底心配してると言わんばかりの相手に、円は狭間堂を重ねてしまう。

本当に心配すべきは自分の身内のことだというのに、どうして他人のことまで気に掛けるのか。良くも悪くも、お人好《ひとよ》しなんだろうか。

「百代円」

「えっ？」

「それが、己れの存在を表わす名前さ」

円は大丈夫だと答える代わりに、美羽に名乗る。

美羽は、しばらくの間、パチパチと目を瞬かせていた。

「変わった苗字ですね。それに、まどかさんっていう名前なんですか？」

「ああ。何か、おかしなことでも？」

名前に関して嫌なことがあったばかりの円は、些《いささ》か警戒をしつつ尋ねる。勿論《もちろん》、そんな様子はおくびにも出さずに。

「いや、なんか」

「何か？」

「可愛い、ですね……！　女の子の名前みたい……！」

「はあ……」

目を輝かせる美羽を前に、円は生返事をする。

そう言えば、『まどか』は主に女性の名前だったか。円を構成する魂は男性だけではないので、全く違和感を覚えていなかった。

「でも、いいお名前ですね。そんなにイケメンなのに、ギャップがあるっていうか。あと、優しい響きで、私は好きです」

己れは優しくないけれど、という意地悪な台詞《せりふ》を、円は呑《の》み込んだ。名前を褒められて、悪い気がしなかったからだ。

「優しい奴がつけたからさ」

「奴って……。ご両親以外の方が？」

美羽は首を傾げる。「そうさ」と円は答えた。

「それで、行方不明のお姉さんのことだが」

「あ、はい！」

美羽は背筋を伸ばす。

「もしかしたら、怪談に巻き込まれたかもしれないな」

「怪……談……？」

美羽はきょとんとしている。

「そう、怖い話さ。最近、そいつに巻き込まれて行方不明になる事件が多発していてね」

「あっ、噂で聞きました！」

「ほう？」

「私が聞いたのは、地下鉄の駅で、行方不明になった人達が一か所にまとめられた状態で発見されたっていう話です。でも、みんな蕎麦屋《そばや》がどうのって意味不明のことを言うばかりで、事件の真相が分からないっていう……」

灯り無し蕎麦の一件のことだと、円は悟る。行方不明者が発見された時、浮世でもニュースになったのだが、捜査に進展がないため、続報がないままになっている。

「ネットでは、怪談が現実になったって言われてましたけど……」

まさか、それが身内に降りかかるとは。そう言わんばかりの顔で、美羽は震えていた。

ネットで話題になっているのは、円も知っていた。灯り無し蕎麦の件に巻き込まれたユーチューバーが、SNSに体験談を投稿し、それがまとめられていたのだ。コメント欄は、再生数稼ぎの嘘だと批判する者と、オカルト的な分析をする者の両者が殺到し、大荒れの状態だった。

件《くだん》のユーチューバーは、体験談投稿後に動画投稿サイトのアカウントとSNSのアカウントを削除しており、真相は闇の中となっている。

「怪談に巻き込まれたのだとしたら、どうすれば……！」

「別に、やることは一緒さ。君は姉を探したいんだろう？」

美羽は、円の問いに深く頷く。

「だったら、見つければいい」

「ど、どうやって……」

「己れが手を貸す」

円はあっさりとそう言った。

「手を貸すって……。円さん、実は霊能力者とか……ですか？」

「いいねぇ。霊能記者なんて、滅多に手に入る肩書きじゃない」

円は、にんまりと笑った。美羽の心配そうな表情に、いささか期待の眼差《まなざ》しが宿る。

条件は、ほぼ揃《そろ》った。

まずは、太鼓の音を聞いた者。しかし、円は生者ではないので、虚路が作った異界に強制的に誘われることはなかった。そのため、入り口を見つけるのも難航していた。

だが、『津軽の太鼓』の怪談に巻き込まれた者が現れた。これで、縁を辿《たど》ることで目的地に入り込めるはずである。

問題は何処の境界から入るかだ。

灯り無し蕎麦の時、円は昔からの怪談がある地域の境界から入り込んだ。そうすれば、より正確に怪談が作り出す異界に近づけるからである。

ならば、今回もその性質を利用すればいいのだが。

(問題は、この近くにそういった怪談があるか……だな。『津軽の太鼓』の原作が語られている両国から乗り込むのも悪くはないが、若い娘を連れて歩くのも……な)

円は、自分の中の記憶を手繰り寄せる。散り散りになった断片的な記憶を覗《のぞ》き込むものの、少し探っただけでは有益な情報は見つからなかった。

(全部見るには、時間がかかるな)

自分を構成している魂は、どれほどの量だろうか。もう、すっかり忘れてしまった。

そもそも、個々の魂が一人にも満たないものが大半だ。人数を数えるのもナンセンスだろう。

最初の頃は、もう少し生前の記憶というか、未練が残っていたものだ。しかし今や、百代円としての記憶が自身のほとんどを占めていて、生前のことはなかなか辿れなくなっていた。

「円さん？」

美羽に名前を呼ばれ、ハッとする。彼女は、心配そうに円の顔を覗き込んでいた。

「やっぱり、難しいですかね……」

姉のことを案じる美羽に、円は「いや」と答えた。

「この辺に、怪談が残っていないかと思ってね。君は何か知っているかい？」

「う、うーん。ごめんなさい。怪談は知らないです……」

「謝ることはないさ。まあ、辺りを散策しようじゃないか」

円はそう言って、紅茶を飲み干した。

「この辺の怪談って、姉に何か関係が……」

「まあ、そいつが、お姉さんが神隠しに遭っている場所へと通じる出入口になりそうでね」

円は席を立つと、美羽について来るようにと手招きをしながら、出口へと向かったのであった。

浅草通りは、一見するとよく整備された都会の大通りだが、よく見れば通り沿いに神社や寺院などがあり、昔の面影が窺《うかが》えた。

「成程。この辺りは昔から整備されていたってことか。考えてみれば、寛永寺《かんえいじ》から浅草へ向かう道だ。拓《ひら》けていなかったわけがない」

納得する円を、美羽はじっと見つめていた。

「円さんって博識なんですね。記者っていうのは仮の姿で、実は……」

「なんだ、言ってみるといい」

「探偵さん？」

「いいね。明智小五郎《あけちこごろう》のような名推理で、君のお姉さんを見つけたいものだが」

円は、地下鉄の稲荷町《いなりちょう》駅周辺にある神社や寺院をぐるりと回る。尤《もっと》も、境内には入らず、外から眺めるだけなのだが。

しかし、いずれも手入れが行き届き、人の往来もそれなりにあって、妖気《ようき》は特に感じない。

「あと、古くから曰《いわ》くがありそうなところというと……」

円は顎《あご》を擦《さす》りながら考え込む。

「そうそう。この辺りに、公園はあるかい？　大きくなくてもいい。寧《むし》ろ、不自然なくらい小さいもののほうがいいね」

「公園って……」

美羽は記憶の糸を手繰り寄せ、「あっ」と声をあげた。

「ハローワークのすぐそばにありました！」

「案内してくれ」

「でも、すごく小さいですよ？」

「だからいいんだ」

美羽は促されるままに、円を公園へと案内する。

すると、確かに、ハローワークのすぐそばに小ぢんまりとした公園が存在していた。遊具もなく、花壇とベンチだけのシンプルな場所である。

「都内の――特に、昔から栄えていた地域にある不自然な大きさや形の公園は、ちょいと曲者《くせもの》でね」

円は小さい敷地の中にある、控えめな石碑を見つけた。

「理由があって持て余した土地なんかが、公園になるものなのさ。川の跡や屋敷の跡、そして――」

石碑には、『廣徳禅寺《こうとくぜんじ》遺趾《いせき》』と記されていた。美羽は、「あっ」と声をあげる。

「ここに、お寺があったんですね？」

「ああ。どうやら、移転したらしい」

円は膝《ひざ》を折ると、そっと石碑に触れる。美羽は、その様子を見守るように眺めていた。

「ふぅん……」

「……何か、分かったんですか？」

美羽は不思議そうな顔で尋ねる。「ああ」と円は頷《うなず》いた。

「どうやら、江戸時代の怪談が言い伝えられていた場所らしい。この近くに住んでいた大工の倅《せがれ》が、家を出たっきり行方不明になったんだとさ。何でも、葛西《かさい》に行くはずが、江《え》の島《しま》にいたとかで」

「えっ。それって、神隠し……！」

美羽は恐らく、自分の姉と重ねたのだろう。同情的な表情になる。

「倅は帰って来たものの、その伯父《おじ》もまた行方不明になっていて、そいつは戻って来ていないらしい」

円はそう言って、そっと立ち上がった。

「で、でも、どうしてそんなことが分かるんですか……？」

美羽は石碑を見つめるが、そこには怪談など書いていない。円は、薄く笑ってみせた。

「その場にある残留思念と波長が合えば、何となく分かるものなのさ」

「それが、霊能記者の力なんですね……！」

美羽は心底感心していた。

素直な娘だ、と円は思う。こんな話、事前に調べて来たかもしれないし、でたらめを言っているかもしれないのに。

　元々の気質なのか、それとも、自分がそれほど信頼されているのか。ついさっき会った、記者ということと名前以外何も知らない相手だというのに。

「もしかして、姉もまた、その大工の倅さんのように江の島にいるとか……」

「どうだろうな。それじゃあ、太鼓の説明がつかなくなる」

「あっ、そうですよね……！」

「大工の倅の怪談は、ただの入り口さ。こちらも悪用されないことを祈るのみだ」

　後半は、独白のようにそう言った。

「入り口って、どういう……？」

「まあ、見てごらんよ」

　円の細い指が、石碑の向こうを指さす。美羽はつられるように視線をそちらへ向けた。

　刹那《せつな》、美羽の背中が円に押される。「きゃっ」と短い悲鳴をあげて倒れ込むが、そこは、アスファルトの上ではなかった。

「ここは……」

　美羽は、大きな屋敷の前にいた。江戸情緒溢《あふ》れる屋敷のすぐそばに、火の見やぐらがある。本来、木札があるべき場所には、太鼓があった。

「よし、思った通りだ」と円は美羽の後を追うようにやって来た。

円は、ここが『津軽の太鼓』の怪談が生み出した異界なのだと確信した。

空はどんよりと曇り、むっとした湿気が美羽の頬を撫《な》でた。美羽は身震いをするものの、それは長く続かなかった。

「お姉ちゃん！」

屋敷の庭には、姉がいた。美羽は恐怖を振り払い、横たえられた姉に駆け寄る。

「お姉ちゃん！　起きて！」

美羽が姉を揺さぶると、姉は「んん……」と呻《うめ》き声をあげる。すっかりやせ細っているけれど、生きてはいるらしい。そう分かった美羽は、嬉《うれ》しさのあまり、姉を思わず抱きしめた。

カメラを手にした円は、そんな姉妹の様子を遠くから眺めていた。

「さて、こちらは良いとして——」

姉妹のそばに、男女が倒れている。彼らもまた、不気味な太鼓の音色を聞いて、この異界に誘われたのだろう。

どうやら、行方不明者はこちらにまとめられていたらしい。

やがて、屋敷が揺らぎ、空を覆っていた雲が薄くなり、周囲の風景は庭先から公園になる。円と美羽がいた、上野の公園に。

その時、円は気付いてしまった。火の見やぐらがあった場所に、ぼんやりと光るアンティークのランプがあることに。

「あれは……」

揺れていた青白い炎は、風に吹かれるように呆気《あつけ》なく消えた。後に残っていたランプも、ぱりんとあまりにも脆《もろ》い音を立てて壊れてしまった。ふわりと、ケガレ独特の臭いが円の鼻をかすめる。しかしそれもまた、風の中に溶けて消えてしまった。

「奴の術は一つ破ったものの、奴は出て来なかったか……」

悔しげな顔の一つくらい見たかったと、円は思う。しかし、あの作り物のような表情の持ち主だ。術を破られるのは初めてではないし、能面のような顔で笑っているかもしれない。

円が舌打ちをしているうちに、ランプの残骸《ざんがい》は跡形もなく消え失《う》せてしまう。最初から、そこに何も無かったかのように。

「……ふむ」

遠目で見る限りでは、他の行方不明者も生きているようだった。それに加え、ランプが壊れた時に感じたケガレは、生者のものが混じっていた。

「少しだけ、からくりが分かった気がするな」

一先《ひとま》ずは華舞鬼町に帰り、分かったことをまとめようと思って踵《きびす》を返そうとする。

だが、円の目の前には、いつの間にか美羽が立っていた。

「ま、円さん、有り難うございます!」

美羽は、地面に頭突きをせんばかりに頭を下げる。

姉に外傷はないものの、かなり衰弱していたらしい。他の二人もそうだった。ゆえに、美羽は救急車を呼んだのだという。円は、遠くからするサイレンの音を耳にした。

「今、両親にも電話をします! その、何といったらいいか。是非とも、お礼を——」

謝辞を必死に紡ぎ出そうとする美羽の唇に、円の人差し指がそっと押し当てられた。

美羽は「むぐっ」とくぐもった声をあげる。

「いいや。己《お》れはそういうものに興味がなくてね。それに、君達には良い絵を貰《もら》った」

円は手にしたカメラを美羽に見せる。

美羽は、円が言わんとしていることを察せず、不思議そうな顔をするだけであった。

翌日、華舞鬼町新聞には、浮世の女子高校生が、境界で行方不明になっていた姉を発見したという記事が大きく掲載されていた。

「これ、発見したのは円君じゃないのかい?」

雑貨屋の座敷で新聞を眺めていた狭間堂が、円に問う。

「いいや。力を貸しはしたがね。見つけたのはその娘さ」

円はしれっと答えたが、狭間堂は意味深に微笑んで、納得するように頷く。円が姉を見つけさせたのを、悟っているようだった。

「そんなことよりも、怪談のからくりが分かってね」

「うん」

狭間堂は新聞を卓上に置き、円に向き直る。

「どうやら、あのランプの中には主に生者のケガレを入れていて、それを燃料に怪異を発生させているようだぜ。生者を捕らえるのは、燃料の確保のためかもしれないな」

「生きている人のケガレを使っていたのか……。だから、あんなに強力な結界が……」

死してケガレになったものよりも、生きている人間が発するケガレの方が強い。円が招かれなかったのは、燃料としては不十分だったからである。

「そうなると、この先も被害が拡大するかもしれない……か」

「ここから先は、狭間堂の領域だな。精々己れは、良い絵が撮れるように憑《つ》いて回るさ」

円は口角を吊《つ》り上げて笑う。それに対して、狭間堂は「そうだね」と頷《うなず》いた。

「円君のカメラの前だしね。カッコ悪いところを見せないようにしないと」

「おや？　総元締め殿も、ついにメディアを意識するようになったのかな？」

円の皮肉めいた言葉に、狭間堂は首を横に振った。

「違うよ。君の前だからだ。こんな良い記事を書ける記者の前だからね。それに恥じぬ働きをしないと」

卓上に広げられた新聞には、一週間ぶりに再会する姉を、大事そうに抱きしめて泣いている女子高校生の写真が大きく掲載されていた。それに対して顔を綻《ほころ》ばせる狭間堂を見て、円はバツが悪そうに目をそらす。

「ハナも、この記事が好きですわよ！」

客を見送ったハナが、座敷の上へと身を乗り出す。

「お客さまの間でも、今日の記事は好評でしたわ！　姉妹の再会の喜びがよく撮れていて、ハナも思わず貰い泣きしそうになってしまいましたの！」

ハナはそう言って、ぐしゅっと洟《はな》を啜《すす》る。今にもまた、泣き出しそうな様子だった。

「やれやれ。お涙頂戴《ちょうだい》にしたつもりはないんだがね」

円はお茶を飲み干し、そそくさと席を立つ。こそばゆい空気は苦手だと言わんばかりに、足早に出口へと向かった。

「円さん、またいらして下さいね！」

「またね、円君」

再会を期待する言葉を背に、円は雑貨屋を後にした。彼らが紡ぐ自分の名前が、あまりにも優しい響きを帯びていたので、異様に恥ずかしくなってしまった。

あたたかい空気は、居心地が悪い。「お人好《ひとよ》しどもめ」と毒づくものの、虚空に投げた言葉は、思いのほか柔らかく、照れ隠しのようになってしまい、円は余計に気まずくなって、早足で新聞社へと帰ったのであった。

本書は書き下ろしです。

華舞鬼町《かぶきちよう》おばけ写真館《しやしんかん》　灯《あか》り無《な》し蕎麦《そば》とさくさく最中《もなか》
蒼月海里《あおつきかいり》

角川ホラー文庫　Hあ6-14　21121

平成30年 8 月25日　初版発行

発行者——郡司 聡
発　行——株式会社KADOKAWA
〒102-8177　東京都千代田区富士見2-13-3
電話 0570-002-301（ナビダイヤル）
印刷所——暁印刷　製本所——本間製本
装幀者——田島照久

KADOKAWA　カスタマーサポート
［電話］0570-002-301（土日祝日を除く11時～17時）
［WEB］https://www.kadokawa.co.jp/（「お問い合わせ」へお進みください）
※製造不良品につきましては上記窓口にて承ります。
※記述・収録内容を超えるご質問にはお答えできない場合があります。
※サポートは日本国内に限らせていただきます。

ISBN978-4-04-107002-4 C0193

角川文庫発刊に際して

角　川　源　義

第二次世界大戦の敗北は、軍事力の敗北であった以上に、私たちの若い文化力の敗退であった。私たちの文化が戦争に対して如何に無力であり、単なるあだ花に過ぎなかったかを、私たちは身を以て体験し痛感した。西洋近代文化の摂取にとって、明治以後八十年の歳月は決して短かすぎたとは言えない。にもかかわらず、近代文化の伝統を確立し、自由な批判と柔軟な良識に富む文化層として自らを形成することに私たちは失敗して来た。そしてこれは、各層への文化の普及滲透を任務とする出版人の責任でもあった。

一九四五年以来、私たちは再び振出しに戻り、第一歩から踏み出すことを余儀なくされた。これは大きな不幸ではあるが、反面、これまでの混沌・未熟・歪曲の中にあった我が国の文化に秩序と確たる基礎を齎らすためには絶好の機会でもある。角川書店は、このような祖国の文化的危機にあたり、微力をも顧みず再建の礎石たるべき抱負と決意とをもって出発したが、ここに創立以来の念願を果すべく角川文庫を発刊する。これまで刊行されたあらゆる全集叢書文庫類の長所と短所とを検討し、古今東西の不朽の典籍を、良心的編集のもとに、廉価に、そして書架にふさわしい美本として、多くのひとびとに提供しようとする。しかし私たちは徒らに百科全書的な知識のジレッタントを作ることを目的とせず、あくまで祖国の文化に秩序と再建への道を示し、この文庫を角川書店の栄ある事業として、今後永久に継続発展せしめ、学芸と教養との殿堂として大成せんことを期したい。多くの読書子の愛情ある忠言と支持とによって、この希望と抱負とを完遂せしめられんことを願う。

一九四九年五月三日

幽落町おばけ駄菓子屋

蒼月海里

妖怪と幽霊がいる町へようこそ

このたび晴れて大学生となり、独り暮らしを始めることになった僕——御城彼方《みじようかなた》が紹介された物件は、東京都狭《はざ》間《ま》区幽落町《ゆうらくちよう》の古いアパートだった。地図に載らないそこは、妖怪が跋扈《ばっこ》し幽霊がさまよう不思議な町だ。ごく普通の人間がのんびり住んでいていい場所ではないのだが、大家さんでもある駄菓子屋“水無月堂《みなづきどう》”の店主・水脈《みお》さんに頼まれた僕は、死者の悩みを解決すべく立ち上がってしまい……。ほっこり懐かしい謎とき物語！

角川ホラー文庫

ISBN 978-4-04-101859-0

華舞鬼町おばけ写真館

祖父のカメラとほかほかおにぎり

蒼月海里

華《か》舞《ぶ》鬼《き》町《ちよう》、そこはレトロなおばけの街

人見知りの激しい久遠寺那由多《くおんじなゆた》は大学をサボったある日、祖父の形見のインスタントカメラを、なんとカワウソに盗まれてしまう。仰天しつつビルの隙間へと追いかけるが、辿り着いた先はアヤカシたちが跋扈《ばっこ》する別世界、『華舞鬼町』だった。狭間堂《はざまどう》と名乗る若い男に助けられた那由多は、祖父のカメラで撮った写真に不思議な風景が写っていたためにカワウソがカメラを盗んだことを知って……。妖しくレトロなほっこり謎とき物語。

角川ホラー文庫

ISBN 978-4-04-105486-4